旅

栄次郎江戸暦5

小杉健治

時代小説

二見時代小説文庫

目次

なみだ旅——栄次郎江戸暦5

第一章　江戸の涙雨

一

霧に揺れる影。矢内栄次郎《やないえいじろう》はふと庭先に目をやる。月影のいたずらか、誰かが訪ねて来たのかと思ったが、ただ深い霧がかかっているだけだった。
だが、その霧の中から、お露《つゆ》が姿を現しそうな気がした。栄次郎は耳を澄ます。手拭いを頭に被り、三味線を弾き、どこか寂しげで切なそうな声が聞こえてきた。

秋の夜は長いものとはまん丸な
月見ぬひとの心かも
更けて待てども来ぬひとの

訪ずるものは鐘ばかり
数うる指も寝つ起きつ
　わしや照らされているわいな

栄次郎は霧の中に分け入り、右へ左へと彷徨《さまよ》う。しかし、霧の中には誰もいない。

栄次郎は深く吐息をつき、その場に立ち尽くした。

部屋に戻ったが、今宵も寝つけそうもない。胸の奥に何かが蠢《うごめ》いている。またも、あの唄声が耳元に蘇《よみがえ》り、はっと飛び起きる。

　更けて待てども来ぬひとの
　訪ずるものは鐘ばかり

ふいに唄声は消えた。幻聴か。静寂の中に、栄次郎の吐息だけが大きく響いた。

再び、横になるが、目は輝いている。

お露は二十一歳。たおやかな姿。芙蓉《ふよう》のような白い顔に、整った目鼻だち。うなじが白い。どこかあどけなさの残る顔に、淫らと思える目。粋な美しさだ。清楚な中にも、毒を秘めている。そんな矛盾した魅力のある女に、栄次郎は心を奪われた。

お露は兄の辰三《たつぞう》とふたりで門付《かどづ》けしている芸人だった。ある夜、風の流れに乗った唄声を耳にし、栄次郎は戦慄を覚えた。

その哀調を帯びた唄声に、栄次郎の胸は切なく締めつけられた。

やっとめぐり合った門付け芸人のお露にたちまち心を奪われた。やがて、ふたりは結ばれた。

眠ったのかどうか、わからないうちに、窓の外がしらじらとしてきた。苦しい。栄次郎は起き上がって胸をかきむしった。

厠《かわや》に行き、それから顔を洗って、部屋に戻る。

途中、兄の栄之進《えいのしん》と出合った。

「兄上、おはようございます」

栄次郎はいつものように明るい表情を作って言う。

栄次郎は細面で目は大きく、鼻筋が通り、引き締まった口許。いつも明るい顔で、屈託《くったく》のない性格はいかにも育ちのよさを思わせた。

「うむ」

兄は気難しい顔で栄次郎を見た。いつも厳しい表情で、笑みなどほとんど見せない。

栄次郎とは正反対の顔だちだ。

「何か、ついておりますか」

栄次郎は顔に手をやる。

「少し、痩《や》せたのではないか。それに顔色も悪い」

兄は心配そうにきく。

「ひょっとしたら、来月に舞台に出るかもしれないのです。その稽古が忙しいせいかもしれませんね」

栄次郎は明るい声で言い、元気を装い、部屋に入った。

ひとりになると、栄次郎は大きく息を吐き、肩を落とした。

栄次郎は御家人矢内家の部屋住《へやずみ》である。矢内家は父が亡くなり、今は兄栄之進が当主となっており、母と三人で暮らしている。

兄や母に心配かけてはならないと、栄次郎は自分に言い聞かせている。

朝食がはじまったが、栄次郎は食欲がなかった。だが、無理して飯を喉に流し込んだ。

またも、兄が気難しい顔でこっちを見ていた。

朝四つ（十時）前に、兄は登城した。兄は今、御徒目付《おかちめつけ》である。

兄は御徒目付になったが、屋敷替えをせずに済んだ。引っ越しの支度をしていたのだが、そのまましばらく同じ屋敷に住み、奉公するようにとの沙汰があったようである。親しんだ屋敷を離れずに済んだことは喜ばしい。亡き父との思い出のある屋敷だ。

兄が出かけたあと、二本差しに淡い青地の着物の着流しで、栄次郎も本郷の屋敷を出た。いつもと同じように、湯島切通しを下ると、寛永寺の五重塔が青空にそびえているのが目に入る。

晩春の季節であり、樹木の緑も色鮮やかだ。眼下に下谷《したや》、浅草、両国方面の町並みが広がっている。

こういう風景をいつも味わいながら歩くのだが、今の栄次郎にはそんな気持ちの余裕はなかった。

切通しから池之端仲町に出たとき、向こうからやって来る三味線を抱えた女太夫の姿を目にとらえ、栄次郎は覚えず立ち止まった。

木綿の衣服に小倉の帯を締め、木綿紅色の手甲《てっこう》をはめている。白足袋《たび》に東下駄《あずまげた》。丸形の菅笠《すげがさ》をかぶった姿はひと目を引く。

傍に付き添う男は、盲縞《めくらじま》の股引《ももひ》きに紺足袋、麻裏草履を履き、頭上には手拭いを巻いて上に目笊《めざる》を載せている。

栄次郎はすれ違ったあとも、女太夫の後ろ姿をじっと見送った。

ふいに胸の底から突き上げてくるものがあり、栄次郎はあわてて駆けだした。

御徒町《おかちまち》の武家地を通り、三味線堀を過ぎると、鳥越神社の杜《もり》の繁みが見えてきた。

その近くに三味線の師匠杵屋吉右衛門《きねやきちえもん》の家がある。

次男坊という気楽さからか、栄次郎はいつしか浄瑠璃《じょうるり》の世界に足を突っ込んでいた。今では、三味線弾きとして身を立てられるほどの技量を身につけていた。

格子《こうし》づくりの小粋な師匠の家の前に立った。少し、迷ってから格子戸を開ける。

土間に履物はなかった。まだ、誰も弟子は来ていないようだ。

栄次郎は座敷に上がり、師匠のいる稽古場に行った。

「師匠。おはようございます」

「吉栄《きちえい》さん、お早いですね」

吉栄とは、栄次郎の名取り名である。三味線の稽古をすれば、何もかも忘れられる。

そう思ったから、早く出て来たのである。

「では、さっそく浚《さら》いましょうか」

「はい」

栄次郎は壁にかかっている稽古三味線をとった。

今、栄次郎が浚っているのは長唄の『藤娘』である。来月、市村座で演じられる羽《は》左衛門《ざえもん》の踊りの地方《じかた》として、兄弟子の杵屋吉太郎《きちたろう》こと坂本東次郎《さかもととうじろう》とともに三味線を弾くことになっている。

ふいに『藤娘』から、またもお露のことを思い出し、胸を切なくした。

お露と辰三はひと前では兄と妹と称していたが、実際は夫婦者だった。さらに驚愕すべき事実がわかった。お露は売笑婦だったのだ。

まず、富裕な商家に大津絵売りの男がやって来て、絵を売る。その最中に、商家の旦那に藤娘の絵を見せ、この娘を買わないかと持ちかける。その男が辰三だ。

藤娘の絵の顔がお露にそっくりなのだ。そして、客の求めに応じて、お露を指定の場所に行かせる。二度目以降に会いたければ、それ以降は、三味線の流しの唄声に外まで出てもらい、次回に会う約束をとりつける。そうやって売色を続けていた。一晩に五両という大金だが、お露の魅力の前には、金を出す男がたくさんいた。

ふたりは京・大坂で荒稼ぎをし、東海道を下って江戸にやって来たのだ。

お露の正体を知ったとき、栄次郎はにわかには信じられなかった。だが、お露の栄次郎に向ける心は偽りではなかった。

そんな稼業を続けてこなければならなかったお露に同情したとき、栄次郎は売笑婦だという過去を許そうと思った。

皮肉なことに、その『藤娘』を弾かなければならない。栄次郎はお露への未練を打ち払い、三下り《さんさが》に糸を合わせ、三味線を抱え、撥《ばち》を構えた。

はっという師匠の掛け声で、栄次郎は撥を下ろす。師匠が唄う。

若むらさきに　とかえりの　花をあらわす　松の藤浪……

師匠の声が止まった。栄次郎ははっとして、撥を止め、師匠の顔を見た。

「もう一度やりなおしましょう」

師匠は厳しい顔で言う。

「わかりました」

もう一度、栄次郎は三味線と撥を構えて呼吸を整える。師匠の掛け声を合図に撥を振り下ろした。

若むらさきに　とかえりの　花を……

再び師匠の声が止まった。

栄次郎は身が竦《すく》んだ。

「吉栄さん。糸の音が死んでいます。魂が入っていません。いったい、どうなさったのですか」

「いえ、別に……」

「ひとの目はごまかせても糸の音は騙《だま》せません。心の迷いが糸の音に出ています」

鋭い声を師匠は発した。

「師匠、だいじょうぶです。もう一度、お願いいたします」

「いえ、きょうはやめましょう」

「えっ」

「吉栄さんの心の迷いには少し前から気づいておりました。いつか、直るだろうと思っていましたが、きょうもだめです。これでは、いくら稽古をしても無駄です」

師匠は厳しく言った。

栄次郎は返答が出来なかった。

「栄次郎さん」

師匠は名取りの名ではなく、本名で呼んだ。

「何か深い悩みがあるのではありませんか」

「そう見えますか」

栄次郎は驚いてきき返す。

「糸の音は正直ですから。どういうことかわかりませんが、それを乗り越えたとき、素晴らしい糸になるでしょう」

師匠の吉右衛門は横山町の薬種問屋の長男で、天賦の才から今では名人と謂《い》われている。弟子には、商家の旦那、職人などの他に、武士もいた。兄弟子の坂本東次郎も旗本の次男坊であった。

芸の世界に武士も町人も、また金持ちも貧乏人もない。年齢も関係ない。一日でも先に入門した者が兄弟子という序列があるだけだ。

「ありがとうございます」

栄次郎は頭を下げて見台《けんだい》の前を離れた。

隣りの座敷に行くと、横丁のご隠居が待っていた。

「どうぞ」

栄次郎は力なく言い、隠居と交代した。

三味線を弾いている間は心の迷いを忘れると思ったが、師匠には見透かされた。

栄次郎は格子戸を開けて外に出た。

歩きはじめたとき、紺の股引きに着物を尻端折《しりばしょ》りした年配の岡っ引きが路地から出て来た。

「失礼でございますが、杵屋吉右衛門師匠の門下の御方《おかた》でございましょうか」

「そうですが」

栄次郎は相手を訝《いぶか》しく見た。

「あっしは南の旦那から手札をもらっている磯平《いそへい》と申しやす。ちょっと、お伺いしたいのですが、よろしゅうございましょうか」

「なんでしょうか」

「こちらに新八《しんぱち》という者が通《かよ》っておられますか」

「新八さんですか。ええ、通っています。そういえば、最近は見かけませんが」

栄次郎は警戒気味に答えた。

「どこに住んでいるか、ご存じではありませんか」

「いえ、住まいは知りません。新八さんがどうかしたのですか」

栄次郎は新八の身に何があったのか気になった。新八は相模《さがみ》でも指折りの大金持ちの三男坊と名乗っているが、じつは盗人である。

忍び込む先は豪商の屋敷や大名屋敷、富裕な旗本屋敷である。栄次郎はそれを知っていながら、懇意にしていた。

「新八の素性をご存じですかえ」

「相模の大金持ちの子で、江戸に浄瑠璃を習いに来ていると言っていました。そうではないのですか」

「じつは、ここ数年前から、大きな商家や武家屋敷を荒らしまわっている盗人がいるんです。すばしっこい奴で、正体が掴めませんでした。ところが、一昨日、ある大身《たいしん》の旗本屋敷で、ひょんなことから盗人の正体がわかったんですよ」

栄次郎は息を呑んで、磯平の話の続きを聞いた。

「座敷を荒らしているのを、殿さまが見つけたそうです。盗人には逃げられてしまったそうですが、争ったときに、盗人は根付《ねつけ》を落としたんです」

「根付?」

「ええ、竜虎がにらみ合うかなりな精巧な根付でしてね。その旗本から奉行所に依頼があり、その根付をもとに調べを進めていたんです。そして、やっと作った職人を見つけました」

岡っ引きは静かに続けた。

「その職人が言うには、新八というひとの特別の注文を受けて作ったものだそうです。新八は杵屋吉右衛門のところで浄瑠璃を習っていると言っていたそうです」

新八が竜虎の根付を持っているのを、栄次郎は知っていた。

「新八さんが盗人だなんて信じられない」

栄次郎はわざと驚いたように言う。

「ええ、盗人であることは隠しているでしょうからね。新八はここに通っていることには間違いないんですね」

「ええ。確かに通っていますが」

「そうですかえ。それさえ、わかれば、いいんです。あとは、杵屋の師匠に確かめます。どうも、お引き止めしてご勘弁ください」

岡っ引きは礼を言い、格子戸に向かった。

まずいことになったと、栄次郎は思ったが、新八はしばらくここには顔を出さないだろうと思った。

新八が忍び込んだ先で失敗をするとは信じられなかった。もっとも、新八との出会いも、新八が武家屋敷への忍び込みに失敗し、手傷を負って追われていたのを栄次郎が助けたことからだった。

新八のことに心を残しながら、栄次郎は蔵前通りに出て、浅草方面に向かった。

浅草黒船町のお秋《あき》の家に入って行った。

お秋は以前、矢内家に女中奉公をしていた女で、今は八丁堀与力の囲われ者になっていた。

お秋が奥から出て来て、

「栄次郎さん、久しぶりじゃありませんか。どうしていたんですね」

と、ちょっと詰《なじ》るように言った。

「すみません」

「さあ、上がってくださいな」

栄次郎は二階の小部屋を三味線の稽古に借りていた。屋敷では三味線を弾くことが出来ないので、この部屋に三味線を置いてある。

栄次郎は二階に上がったが、三味線の稽古をする気になれなかった。三味の音は何かを思い出させる。

窓辺に座り、隅田川に目をやる。

白い雲がゆっくり流れている。その雲がいつしか、お露の顔に変わった。

またも、胸の底から何かが噴き上げてきた。自分の胸に何か魔物が入っているかのようだ。胸を切り裂き、その魔物を摑み出してしまいたい。そんな思いにかられ、覚えず栄次郎はうめき声をもらした。

その夜、栄次郎は胸の苦しみに負けたように上野新黒門町にある居酒屋の縄暖簾《のれん》をくぐった。酒でこの苦痛を紛らわすしかなかった。

店の中には、駕籠かきや日傭取《ひようと》りか、陽に焼けたたくましい体の男たちが騒いでいた。

栄次郎は隅の樽椅子に腰を下ろし、小女《こおんな》に酒を頼んだ。

男たちは耳障りなほどのうるささで騒いでいる。栄次郎はその喧騒が耳に入らない。胸の苦痛のほうが、はるかに勝っていたのだ。

酒が運ばれて来た。栄次郎は手酌で呑んだ。だが、酒に強くないのに、いっこうに酔わない。

小女を呼び、酒を追加する。

猪口《ちょこ》から湯呑みに器を替えて呑んだ。なぜ、こんなに苦しいのだと、栄次郎は顔を歪める。

誰かが、大声を出した。栄次郎は無意識のうちに目をやったが、男たちが騒いでいるだけだ。

再び、目を落とし、酒を注ぐ。

すると、目の前に影が差した。栄次郎は顔を上げた。赤鬼のような男が立っていた。

「やい、ひとの顔を見て笑いやがって」

「何を言っているのだ。おまえの顔など見た覚えはない」

「なんだと。お侍だからって容赦しねえ。おい、サンピン。謝るなら今のうちだ。土下座して謝れ」

「うるさいな。向こうに行っていてくれ」

栄次郎は面倒くさくなって言う。

「うるさいだと。この野郎」

栄次郎の胸ぐらを摑もうと、男が丸太のような腕を伸ばしてきた。栄次郎は座ったまま、伸びて来た相手の手首を摑んで、軽くひねった。

男は派手に一回転して倒れた。

「野郎」

仲間がいっせいに栄次郎を囲んだ。六、七人はいるようだ。

「静かにしないか。他のお客さんに迷惑だ」

「よし。じゃあ、外に出ろ」

「いいだろう。こっちもなんだか暴れたい気持ちだったのだ。相手になってやろう」

栄次郎は立ち上がった。

暖簾をかきわけ外に出る。男たちもいっせいに飛び出し、栄次郎を取り囲んだ。

いきなり、三人の男が同時に襲いかかった。栄次郎はひょいと身をかわし、男の腹部に蹴りを入れ、もうひとりの男の手首を摑んで投げ飛ばし、三人目の男の胸ぐらを摑んで足掛けをして倒した。

一瞬のことだった。三人の男が呻《うめ》いていた。

「さあ、かかって来い。ちょうど暴れたいと思っていたんだ。来なければ、こっちから行く」

栄次郎はあとの男たちに躍《おど》りかかり、力自慢の男たちをたちまちのうちに地べたに這いつくばらせた。

すると、誰かが仲間を呼びに行ったらしく、棍棒《こんぼう》や匕首《あいくち》を持った荒くれ男どもが駆けつけて来た。

「おもしろい。さあ、来い」

栄次郎は棍棒を持った男に向かった。

「容赦しねえぜ」

男は棍棒を振りまわしてきた。上から振り下ろされれば左右に避け、横から襲ってくれば後ろに下がって避け、最後に相手が棍棒を振り上げたときに相手の胸元に飛び込んで、胸ぐらを摑んで投げ飛ばした。

その刹那《せつな》、匕首が背中を襲った。栄次郎はさっと身を翻《ひるがえ》し、相手の手首に手刀を加えた。手首の骨の折れたような鈍い音がして、匕首が落ちた。

気がつくと、周囲に野次馬がたくさん集まっていた。その中から、岡っ引きが現れた。そのあとのことを、栄次郎はあまり覚えていなかった。

二

翌日、栄次郎が起きたのは昼前だった。

頭が痛い。完全に二日酔いだった。厠を出てから、井戸端で、顔を洗った。どうにか、気分が悪いのは収まってきた。

部屋に戻ると、母に呼ばれた。

母は仏間にいた。

「母上。お呼びでしょうか」

「お入りなさい」

母の声に、栄次郎は襖を開けた。

母は仏前に座っていた。その前で、母は振り返った。

「ゆうべ、何をしたのですか」

「ゆうべ？」

はてと首を傾げ、栄次郎は思い出そうとしたが、思い出せない。

「覚えていないのですか」

母が呆れたように言った。

「私が何か……」

確か、屋敷に帰る途中、新黒門町の居酒屋に入った。たくましい体つきの男たちが騒いでいた。栄次郎は隅で酒を呑みはじめたのだ。

そのあと、何か男たちともめたようだ。喧嘩になったのか。

あっと、栄次郎は喧嘩になったことを思い出した。

「喧嘩をしたのでしょうか」

栄次郎はおそるおそるきいた。

「喧嘩をしたかではありませぬ。十人ぐらいの町人を相手に暴れたそうですね」

「はあ、そうでしたか」

記憶は断片的だ。

「知らせが入り、栄之進がかけつけてことを収めてきましたが、どうして、あんなことをしてしまったのですか」

「すみません」

返す言葉もなく、栄次郎はただ頭を下げるしかなかった。

「お父上もお嘆《あ》きですよ」

母は仏前を空けた。

栄次郎はそこに膝を進め、父の位牌に手を合わせた。

「あとで、栄之進にもよく礼を言うのです」

「はい」

「わかればよろしいのです。以後、気をつけるように」

母は言った。

母の偉大さは、栄次郎が実の子ではないのに、実の子のように接してくれていることだ。栄次郎は母に深々と頭を下げた。

夕方に、栄次郎はきのう騒ぎを起こした新黒門町の居酒屋に顔を出した。

暖簾をかけたばかりのようで、まだ客はいなかった。

栄次郎の顔を見て、小女が飛び出して来た。

「あなたさまはゆうべの」

小女が目をぱちくりさせて言う。

「ご亭主はいらっしゃるか」

「はい」

小女は板場に向かった。すぐに戻って来た。その後ろから、亭主が出て来た。

「ご亭主か。きのうは騒ぎを起こして申し訳ありませんでした」

「いや、とんでもない。きのうの連中はこの界隈の嫌われ者でしてね。おかげで、胸がすかっとしました」

「ほんとうにそうです。いやな連中が来たって、困っていたところなんです。だって、あのひとたちがやって来ると、他のお客さんが来ないんですから。だから、かえってこっちのほうが助かったんです」

小女がうれしそうに言う。

「そう言っていただけると、私も気が楽になります」

「どうぞ、これに懲りず、またお立ち寄りください」

亭主が頭を下げた。

栄次郎は居酒屋を出てからぶらぶらあてもなく歩きながら、またも暗い気持ちになった。ゆうべの騒ぎは相手が相手だったから不幸中の幸いだった。しかし、喧嘩をしたこと自体は問題だった。

あんなに正体をなくすほど酒を呑んだことも、喧嘩をしたことも、結局、気持ちがいらついているからだ。

常に、心の奥に何かが蠢《うごめ》いている。それが、栄次郎を苦しめているのだ。ふと、気がつくと、栄次郎は両国橋を渡っていた。


その夜、栄次郎は深川の仲町に足を向けた。

永代寺の裏手に『一よし』という小さな遊女屋がある。栄次郎が十代の終わり頃から通いはじめたところだ。

低く突き出た庇《ひさし》の家の格子戸が開いていて、中から娼妓が声をかけている。栄次郎はそこに向かうと、娼妓が目を輝かせた。

「栄次郎さん」

飛び出て来たのは、栄次郎の敵娼《あいかた》のおしまだった。

「お久しぶり」

おしまは栄次郎の手を引っ張るようにして、中に誘う。栄次郎は刀を預け、おしまといっしょに梯子段《はしごだん》を上がった。

二階の小部屋に入る。行灯《あんどん》のぼんやりとした灯が紅色の衣桁《いこう》や、漆の剝げた鏡台を映し出している。

おしまは美人ではないが、気性のさっぱりした女だ。

おしまが栄次郎の帯に手をかけた。されるがままに、栄次郎は浴衣に着替える。

火鉢の上に鉄瓶が湯気を立てている。おしまがお茶をいれようとするのを、栄次郎は引き止めた。

「お酒をもらいたい」

すると、おしまは意外そうな顔をした。

「お酒ですって」

栄次郎は下戸《げこ》であった。以前は、酒の匂いを嗅いだだけでも酔っぱらったぐらいだった。だが、心の憂さを晴らすために、栄次郎は少し呑むようになった。そして、ゆうべのような醜態を晒したのだが、それでも栄次郎は酒に頼るしかなかった。酔って、現実から逃げるしかなかった。

「すみません。呑みたいんです」

「ええ、かまいませんけど」

おしまは部屋を出て、徳利を持って戻って来た。

「はい」

おしまが酌をする。

「ありがとう」

栄次郎は酒を喉に流し込み、一気に盃を空《から》にした。

苦いものが喉から胃に流れた。きのう呑み過ぎているせいか、いっこうにおいしくない。それでも、呑まずにいられなかった。

おしまが不思議そうに見ている。

「もう一杯いきますか」

「ああ」

栄次郎は盃を差し出す。

「おしまさんもどうですか」

今度は栄次郎が酌をしようとする。

「だめですよ。叱られてしまいます」

「私が無理強《じ》いをしたと言うから心配ない」

「そうですか。じゃあ、一杯だけ」

おしまは盃に口をつけてから、

「栄次郎さん。何かあったんですか」

「いえ、何も」

「嘘」

おしまはすぐに言った。

「このおしまの目はごまかせませんよ。栄次郎さんの顔を見ていると、あたしまで苦しくなります。ほんとうに辛《つら》そう」

「辛い？　私が辛そうですって」

栄次郎はわざと笑った。

「栄次郎さん。だめ。作り笑いをしたって、おしまの目はごまかせないわ」

「そうか。おしまさんの前では素の姿になれるからな」

ひと前では心の苦痛を出さないように気をつけていたが、おしまの前ではその必要もないのだ。

「女子《おなご》のことですね」

おしまはきいた。

「わかりますか」

「栄次郎さんのことならなんでも。いつも爽やかな栄次郎さんに翳《かげ》が生まれています もの。その翳は女とのことからでしか生まれないものですよ」

「そうなんだ。こんなに切なく、苦しいものなのかと改めて知った」

栄次郎は自分の心情を正直に吐露した。

「そのうらやましい御方とはもう会うことは出来ないのですか」

「無理だ」

「ひょっとして、お嫁に行かれてしまったとか」

「いや」

「まさか、お亡くなりに？」

「そうだ。死んだ」

「まあ」

おしまは息を呑んだ。

「お病気だったのかしら」

「違う。殺された」

「殺された？」

「私が殺したのだ」

「えっ？」

一瞬、おしまは顔色を変えたが、すぐにいたわるように笑みを浮かべ、

「栄次郎さんの気持ちはなんとなくわかるわ。好きなひとの死を、自分が殺したも同然だと思って自分を責める。そんな気持ちになるのはわかるような気がするけど、でも、いけないわ」

おしまは勘違いをしている。ほんとうに、私が殺したのだという言葉はもう二度と口に出なかった。

「栄次郎さん。介抱します。呑めるだけ呑みなさいな」

姉のように、おしまは栄次郎をいたわった。

心の底から女を好きになったのははじめてだった。

もちろん、最初はお露が売笑婦だったとは想像さえしなかった。だが、さらに、栄次郎の微かな希望を打ち砕く事実が明らかになった。

辰三とお露はもうひとつの顔を持っていたのだ。

ふたりは殺しを請け負っていた。いわゆる、殺し屋だ。依頼があれば、金をもらって殺しを請け負っていた。

それでも、栄次郎はお露を忘れられなかった。江戸で殺しの仕事をし、江戸を離れるお露といっしょに逃げる約束をした。

約束した板橋宿に駆けつけ、お露と再会したときのことが、きのうのごとくに思い出される。


「お露さん。私はあなたを真剣に……」

胸が詰まって、栄次郎はあとの言葉が続かなかった。

「うれしい。栄次郎さん、とても仕合わせ」

耳元で、お露は喘《あえ》ぐような声で囁《ささや》く。

「私はあなたとのことは生涯忘れません」

お露が大胆に栄次郎の唇を求めてきた。栄次郎もそれに答えた。柔らかく、溶けてしまいそうな唇。甘い息と切ない声が漏れ、栄次郎の心は蕩《とろ》けそうになった。

遠のくような意識の中で、栄次郎の武士の本能が身の危険を察していた。お露の喉から軽い悲鳴が起こった。

栄次郎はお露の体を一瞬放し、素早く抜いた脇差をお露の心《しん》臓《ぞう》に深々と刺していた。栄次郎の背中にまわしたお露の手から鋭い切っ先の平打ち簪《かんざし》がぽとりと落ちた。

「私を殺そうとしたのか」

栄次郎は崩れ落ちるお露の体を片手で支えながらきいた。

お露は最初から栄次郎を殺そうとしたのか。辰三からそのように命令されたのだろうが、お露は最後まで迷っていた。

その迷いが栄次郎を助けたのだ。あのとき、栄次郎は武士の本能のまま脇差を抜いていたのだ。

この手がお露の命を奪ったのである。

あの衝撃的な出来事の直後、しばらく栄次郎は死んだような毎日が続いた。起きていてはもちろん、寝ては夢にまでお露が出て来た。

悲しみは時が解決してくれる。そのとおり、ある夜、立ち上がれないほど慟哭《どうこく》した。

そして、涙とともに、お露への未練も流し去ったのだ。

いつもの栄次郎に戻ったと、周囲も安心していた。

もう、だいじょうぶだ。自分でも、そう思っていた。

だが、また時が流れるうちに、栄次郎の心の中にお露への思いが再燃してきたのだ。

もう、お露が死んだのだと、自分に言い聞かせても、心は鎮《しず》まらなかった。

(お露さん、もう一度逢いたい。幽霊になってでもいいから、現れてくれ)

栄次郎は女々《めめ》しく叫ぶ。

ふと、気がつくと、栄次郎は横になっていた。誰かの膝枕を借りている。

「お目覚めになりました?」

栄次郎は飛び起きた。

「おしまさんか。私は眠っていたのか」

「ええ。小半刻(一時間弱)ばかり」

「そんなに」

どうやら酔いつぶれて、おしまの膝枕で眠ってしまったようだ。生々《なまなま》しくお露の顔が蘇る。お露の夢を見ていた。

「もう帰らないと」

栄次郎は帰り支度をはじめた。

「雨が降りそうよ。傘を持って行って」

「なんとか、もつでしょう」

おしまに見送られて、栄次郎は『一よし』を出た。

途中、両国橋まで来たとき、雨が降りだした。栄次郎はそのまま濡れながら本郷に向かった。

（お露さん。苦しい）

栄次郎は心で叫んだ。栄次郎は濡れ鼠になった。

俺はこの先、どうなるのだろうと、栄次郎は呻いた。

三

数日後の夕方、栄次郎は両国の大川端にある薬研堀《やげんぼり》に向かった。大川からの入り堀である。今は半分以上埋め立てられて一部が残っているだけだ。

そこにかかっている橋を元柳橋といい、神田川の入口にかかっている橋を柳橋と呼んでいる。

この元柳橋の傍に料理屋の『久もと』がある。老舗《しにせ》の料理屋であった。

栄次郎は『久もと』の門を入った。夕陽が屋根の上に落ちようとしていた。

きのう、急に岩井文兵衛《いわいぶんべえ》からの招きがあったのだ。いつもの座敷に案内されると、すでに文兵衛は来ていて馴染みの年増芸者を侍《はべ》らして呑んでいた。

「おう、来たか。さあ、入りなさい」

敷居の前で挨拶する栄次郎に、文兵衛は声をかけた。

栄次郎は部屋に入った。

すると、文兵衛は栄次郎の顔をまじまじと見つめ、それから口許にやさしげな笑みを浮かべ、

「なるほど」

と、呟いた。

「何が、なるほどなのですか」

「栄次郎どのは魔物にとりつかれているようだ」

「えっ、魔物ですって」

傍らにいた年増芸者が目を丸くした。

「御前。何をおっしゃいますか」

栄次郎は戸惑う。

「いや。いっときよりひどい」

文兵衛は真顔《まがお》になった。

文兵衛は歳の頃は五十前後。隠居の身でありながら、渋い風格に、色気を漂わせている。ときたまこの『久もと』にやって来て、芸者の弾く三味線で端唄《はうた》や都々逸《どどいつ》を楽しむ粋人である。

それより、栄次郎の糸で唄うのを楽しみにしている。

じつは栄次郎は十一代将軍家斉《いえなり》の父治済《はるさだ》の隠し子であり、そのためにこの文兵衛が陰からいろいろ手を差し伸べてくれているのだ。

矢内家の当主である兄の扶持《ふち》だけでは、とうてい矢内家を保つのは苦しい。その援助や、兄がこのたび御徒目付に役替えになったのも、文兵衛の口添えがあったことは間違いない。

文兵衛は、一橋家二代目の治済の時代、一橋家の用人をしていた男である。矢内の父といっしょに働いていたのである。矢内の父は一橋卿の近習番を務めていた。

もちろん、栄次郎が大御所の子であることを利用すれば、贅沢も可能だし、思うままの生き方が出来よう。

大御所の治済は、年老いて芸人に生ませた子である栄次郎を哀れみ、栄達の道を与えようとしていた。その最たるものが、尾張六十二万石の跡継ぎに担《かつ》ぐことだった。

だが、栄次郎は拒否した。

栄次郎はあくまでも矢内家の次男として生きて行くことに決めたのだ。そのとき、母は喜びを隠しきれずに、そなたは我が子ですとはっきり言った。大御所の子であるが、そのような遠慮をいっさいせずに、実の子として接している。

「今はよけいなことを言ってしまったのではないかと後悔している」

文兵衛が渋い顔で言った。

栄次郎にはそれが何を指しているかすぐにわかった。一度、文兵衛がこう言ったことがある。

「栄次郎どのは真剣に女子を好きになったことがおありかな。親兄弟との縁を切り、今の身分を捨ててでも、添い遂げたいと思うほどに恋い焦がれた女はあったかな」

そのときは、ありませんと答えた。事実、そのような経験はなかった。だが、その後、文兵衛の言葉どおりに恋い焦がれる女が現れようとは思いもしなかった。

「御前。私は……」

栄次郎は言いさした。

「栄次郎どの。決して悪いことではない。だが、それを乗り越えてこそ、男は大きくなる。乗り越えねばならぬのだ」

まるで、すべてを見抜いているように、文兵衛は言った。

栄次郎はいつも思うのだ。こういうおとなの男になりたいと。文兵衛には、栄次郎が理想とする魅力が兼ね備わっている。

「御前。いやですわ。なんだか、しんみりしちゃって。ひとつ、やってくださいな」

芸者が文兵衛に言う。

「よし、『二上がり新内《しんない》』をいこう」

文兵衛が盃を呑み干した。『二上がり新内』は今、巷《ちまた》で流行っている端唄である。

芸者が三味線の音締めをし、糸の調子を整えた。

芸者の糸に合わせ、文兵衛が渋い声で唄いだす。

　悪止め　せずとも　そこ離せ
　明日の　月日がないじゃなし
　止めるそなたの心より
　帰るこの身が
　エーどんなにどんなに
　辛かろう

哀切極まりない唄声に、栄次郎の身は締めつけられた。

止めるそなたの心より、帰るこの身がどんなにどんなに辛かろう。その唄の文句は、栄次郎の中で別の言葉に置き換わる。

死んでしまったおまえより、生きているこの身がどんなにどんなに辛いことか。

またも、栄次郎はお露のことを思い出した。

糸の音が止むと、

「御前、お見事」

と、芸者が声をかけた。

遊蕩にもふけり、人間の裏側を知り、人情の機微にも長《た》けている文兵衛にして、はじめてこのような声が出るのだ。

栄次郎は、自分なりの夢を持っている。自分が歳をとったとき、粋で、色気のある男になっていることだ。浄瑠璃を習いはじめたのも、そういう理由があった。栄次郎が理想とする色気を持っている男は文兵衛以外にふたりいる。

ひとりが浄瑠璃の師匠の杵屋吉右衛門。もうひとりが新内語りの春蝶《しゅんちょう》だ。

特に春蝶は年寄りなのに、そこはかとなく漂う男の色気。名人と謳《うた》われるほどの新内の腕がそういう雰囲気を醸《かも》し出しているだけではない。道楽の限りをしつくした春蝶の生きざまにあるのではないか。

春蝶は文兵衛や杵屋吉右衛門と違って破滅的な生き方をしてきた男だ。

「栄次郎どの。ひとつ弾いてくれないか」

文兵衛は気を引き立てようとしたのだろう。

「御前。きょうはご勘弁を」

栄次郎は素直に謝った。

「あら、栄次郎さま。どうなすったんですか」

若い小まきが心配そうにきいた。

「やはり、魔物にとりつかれているようだ」

文兵衛がまた同じことを言った。

「いったん取り除いた魔性のものに、再びとりつかれた。二度めのほうが始末に悪い」

文兵衛は痛ましげな顔で、

「己の力で乗り越えねばなりませぬぞ。これを、ほんとうに乗り越えねば、栄次郎どのはただの男になってしまう」

文兵衛は強い口調で、さらに続けた。

「私では、残念ながら、今の栄次郎どのの心を慰めることは難しい。だが、乗り越える手段は何かあるはず。それを、ご自分で見つけることです」

「御前」

栄次郎は文兵衛の言葉が身に沁みた。


栄次郎はいつもより早めに『久もと』を引き上げた。

見送りに来た芸者の小まきが、

「栄次郎さま。どうぞ、近いうちにまたいらっしゃってください」

と、悲しげな目を向けた。

「ありがとう」

栄次郎は会釈をし、夜道を歩きだした。

自分は魔物にとりつかれているのかもしれない。今、黄泉《よみ》の国から誘いが来れば、ふらふらとそっちに向かって行ってしまいそうだ。

栄次郎はあえて人気《ひとけ》のない道を選び、神田川を和泉橋で渡り、御徒町を抜けて、下谷広小路に向かった。

ときおりすれ違うひと影に、はじめて三島宿でお露と会ったときのことを思い出す。三味線の音を追って夜道を走ったのだ。

三島権現の鬱蒼《うつそう》とした樹林を見ながら、いつしか御殿川のほとりに出た。そこで、ふたつの黒い影を見つけたのだ。

ふたりとも三味線を抱えていた。男は二十五、六歳。痩せて背が高い。陰気そうな顔をしている。男が警戒した目を向けた。女も用心深い目をした。

栄次郎は訴えた。

「あなたの唄声を江戸で聞いた。そのときは遠音《とおね》で聞いただけなのに、泡立つ思いがしました。それで、ぜひ、目の前できいてみたいと思い、あなた方を捜しまわりました。でも、あなた方に出会うことはありませんでした。そうしたら、偶然、さっき『秋の夜』を耳にしました。まさか、江戸にいるはずなのにと疑いましたが、あの唄声はまぎれもなく、江戸で聞いた声」

その訴えが届き、お露が答えた。

「私の声を追い求めていただけるなんて、うれしいことです」

お露はその場で三味線と唄を披露してくれた。三島の御殿川の河原に『秋の夜』の端唄が流れたのだ。

その音が今も耳に残っている。

湯島に入ったとき、遠くから新内流しの糸の音が聞こえてきた。

立ち止まって耳を澄ます。あの糸の音は春蝶の弟子の音吉《おときち》だ。池之端だ。栄次郎はその音のほうに足を向けた。

新内流しはふたりで三味線を弾きながら町を流す。ひとりの三味線は低音を奏でる本手《ほんて》、もうひとりは糸に枷《かせ》をはめ高音を出るようにする。上調子《うわちょうし》である。上調子の三味の高音が本手の三味の低音に絡んで、哀調を帯びた味わい深い音を作り上げている。

料理屋の角を曲がると、ふたつの影が歩いて行く。

栄次郎は追いついて声をかけた。

「音吉さん」

ふたりが立ち止まり、振り返った。手拭いを吉原被りにし白地に縦縞の着物で、三味線を抱えている。

「あっ、これは栄次郎さんじゃありませんか」

撥を動かす手を止め、音吉が言った。

「すみません。邪魔してしまい」

「いえ」

「いい音色が聞こえてきたので、つい声をかけてしまいたくなりました」

「これは、どうも」

音吉は軽く頭を下げた。

「その後、春蝶さんから便りはありましたか」

栄次郎は気になっていることを訊《たず》ねた。

「いえ、ありません。さっぱりです」

「じゃあ、消息もわからないんですね」

「へえ。ただ、いつだったか、上方《かみがた》からやって来た商人が、伊勢で名人の新内語りに出会ったと言っていました。小柄な年寄りで、かんのきいた声が素晴らしかったと。ひょっとしたら、春蝶師匠ではないかと思ったんですが」

音吉は目を輝かせた。

「伊勢ですか」

春蝶には息子がいた。その息子は加賀の国の山中温泉にいる。その息子から会うことも拒否されたと、いったん江戸に帰って来た春蝶が言っていた。

だが、再び、春蝶は息子に会って来ると言って出かけたのだ。その春蝶が今は伊勢にいるらしい。

「師匠はもう江戸に帰る気はないのかもしれません。残念ですが」

音吉はしょんぼりして、

「師匠には、江戸でもう一度一花咲かせてもらいたいんです。せっかく、大師匠に許しをもらったのに、知らせる術《すべ》がないんです」

「許しが出たのですか」

「はい。出ました」

音吉は表情を輝かせた。

春蝶は元は富士松《ふじまつ》春蝶という芸名を持った新内語りだったが、俺の腕は師匠を超えたなどと吹聴《ふいちょう》するなど、その破天荒な性格が災いし、師匠から破門された。富士松の名を使えず、新内語りの活動の場であった吉原からも締め出された。

春蝶のために、音吉が骨を折ったらしい。だが、そのせっかくのいい知らせを伝えようにも、肝心の春蝶の行方がわからないのだ。

栄次郎は春蝶に会いたいと思った。今の栄次郎の気持ちを理解してくれるのは春蝶だけのような気がした。

「お引き止めして申し訳ありませんでした」

栄次郎ははっと気づいて言った。

音吉たちは流しの途中だ。長く引き止めておくことは出来ない。

「いえ、師匠のことで何かあったら、お伝えに上がります」

音吉は義理堅く言う。

「ええ、よろしくお願いします」

ふたりと別れ、栄次郎は湯島切通しに向かった。

春蝶は伊勢にいるのだろうか。会いたい。破天荒で、さんざん道楽をし、そして人生の辛酸を嘗めてきた春蝶と語らいたい。

栄次郎は心底からそう思った。


その夜、栄次郎が床についてしばらくしてからだ。

天井裏が微かにみしりと軋《きし》んだ。誰かが忍んでいるのだ。栄次郎には、正体がわかった。

天井板が外《はず》れ、黒い着物を尻端折りした男が身軽に畳の上に降り立った。

「栄次郎さん。すいません。忍び込んだりして」

新八だった。

「だいじょうぶですか。岡っ引きが稽古場まで来ましたよ」

栄次郎は半身を起こして言う。

「へえ。今回ばかりは、あっしも八方塞がりですよ」

新八は疲れ切ったように言う。

「旗本屋敷で見つかってしまったそうですね」

岡っ引きからきいた話を持ち出した。

「ええ、増山伊右衛門《ますやまいえもん》という旗本屋敷に忍び込み、金を盗み、天井裏から引き上げようとしたとき、ある座敷の上を通ったら、男と女の争い声が聞こえたんです。隙間から覗くと、男が若い女を手込めにしようとしているところでした。このまま、見過ごすことは出来ませんでした。だから、天井裏から部屋に降り立ち、男をこらしめてやったんです。その男が旗本の当主でした。女を逃がしたのはいいんですが、駆け寄った家来と争っている最中に、根付を落としてしまったようなのです。よりによって、その根付は特別誂えだったんです。そこから足がついてしまいました。悪いことは出来ないものですね」

「そんな事情があったわけですね」

そのようなことは岡っ引きは何も話していない。おそらく、旗本のほうが隠しているのだろう。

「へえ。女を助けなければこんなことにはならなかったんですが」

新八はため息混じりに言う。

「それが新八さんのいいところじゃないですか。きっと、助けてもらった女のひとは新八さんに感謝をしていますよ」

「あのあとも何事もなければいいんですが」

新八は女のことを心配した。

「それより、新八さん。これから、どうするつもりですか」

「へえ。もう、江戸にいることも難しくなりました。ほとぼりが冷めるまで、江戸を離れようと思っています。このままじゃ、鳥越の師匠にもご迷惑をおかけしてしまいます」

「江戸を離れて、どこか行く当てはあるのですか」

「いえ、ありません。ただ、この際、信楽《しがらき》に行ってこようかと思っています」

「信楽というと、信楽焼で有名な？」

「ええ。栄次郎さんには相模の出だって言ってましたが、あっしの生まれは信楽なんです。そこにふた親の墓があります。十年ぶりに、墓参りでもしてみようかって思いました」

「そうですか」

「そういうわけで、暇乞《いとまご》いに参りました。また、お目にかかる日まで、栄次郎さんもお達者で」

新八は立ち上がった。

「師匠によろしくお伝えください。何の挨拶もせずに立ち去るのは心苦しいのですが」

「相模の実家の父親が急病になって急遽引き上げたと言っておきましょう」

「すいません。そうそう、あとは、おゆうさんにも」

そう言い、新八は天井裏に飛び移った。

おゆうは、町火消『ほ』組の頭取政五郎《とうどりまさごろう》の娘でまだ二十歳前。兄弟弟子である。

天井板が元どおりになった。微かな軋み音が遠ざかって行った。

四

翌日、栄次郎は元鳥越にある杵屋吉右衛門の家に向かった。

きょうは自宅の稽古日ではないので、弟子は誰も来ていなかった。師匠は出稽古のために、出かける支度をしているときだった。

「師匠、お出かけ前のあわただしいときにお邪魔して申し訳ありません」

まず、栄次郎は詫びた。

「いえ、もう支度は済みました。まだ、出かけるまで間がありますが」

羽織姿で、師匠は言う。

「じつは新八さんのことですが」

栄次郎は切り出した。

「相模の実家の父親が病に倒れられ、急に帰らねばならないことになったそうです。それで、師匠にもご挨拶をせずに立ち去ることになり、申し訳ないと、よくお詫びをしてくれと頼まれました」

「そうですか」

師匠は腕組みをした。

岡っ引きが師匠にどんな話をしたのか。それに対して、師匠がどんなことを答えたのか。気になった。

「吉栄さん」

師匠はおもむろにきいた。

「新八さんはどのようなおひとだったのですか」

「相模の大金持ちの三男坊だと言っていました」

「それはほんとうのことですか」

栄次郎は返答に詰まった。

「岡っ引きが来ました。新八さんのことでです。栄次郎さんにも会ったと言っていました」

師匠が厳しい顔で言った。

「ええ、岡っ引きが妙なことを言っていました。でも、新八さんのことではないと思いました」

気が引けたが、栄次郎はそう言うしかなかった。

「私もまさかとは思います。仮に、そうだったとしても、私にとっては大事な弟子のひとりです」

師匠は難しい顔になって、

「岡っ引きが目をつけていることは間違いありません。もし、新八さんに会ったら、十分に気をつけるように言ってください。誤解を受けてもつまりませんからね」

「はい」

「私は、いつでも帰って来るのを待っていますよ」

「きっと、新八さんも喜ぶことでしょう」

それではと、師匠は立ち上がった。

いっしょに外に出てから、師匠と別れた。

栄次郎はおゆうのところに向かった。

神田佐久間町にある『ほ』組の政五郎の家に入った。広い土間には纏《まとい》や龍吐水《りゅうどすい》などがあり、壁には鳶口《とびぐち》がたくさん下がっている。

土間にいた若い男に、おゆうへの案内を請うと、その声が聞こえたのか、奥からおゆうが飛び出して来た。

「栄次郎さん」

目鼻だちが整っているが、勝気そうな顔だちで、意地と張りを通すおきゃんな娘だ。

「さあ、お上がりになって」

「いえ、そうもしていられないんです。ちょっと、外に出られませんか」

「ええ。ちょっと待ってください」

すぐにおゆうが戻って来た。

並んで、神田川のほうに向かった。

「最近、なんだか栄次郎さんが遠くに行ってしまったようで悲しかったんです」

おゆうが切なげに言う。

「そんなことはありませんよ」

そう答えたが、栄次郎の声に力はなかった。

おゆうに感づかれないように、すぐに本題に入った。

「じつは、新八さんのことなんです」

「新八さん、どうかしたんですか」

「実家の父親が病に倒れたそうです。それで、急遽、相模に帰ったんです」

「えっ、帰った？」

おゆうは驚いた。

「それで、おゆうさんによろしくと、新八さんから頼まれたんですよ」

「そうですか。お父さまのこと、心配ですね」

おゆうは眉根を寄せた。

「しばらく、お稽古を休むことになります」

「でも、お父さまの病がよくなれば、すぐにでも帰って来るんでしょう」

おゆうは明るく言う。

「ええ。必ず、帰って来ます」

栄次郎は声に力を込めた。

土手に上がった。神田川に荷足舟《にたりぶね》が行き交う。

「栄次郎さん。来月は山村座なのでしょう。楽しみだわ」

「ええ」

栄次郎は力なく答えた。

「どうかなさったんですか。なんだか、いつもの栄次郎さんらしくないわ。いえ、最近の栄次郎さんは少しおかしいわ。ときたま、とっても辛そうな顔になるんですもの。ねえ、いったい何があったんですか」

おゆうは問い詰めるようにきいた。

栄次郎は再び、神田川に目をやった。ほんとうのことは言えない。だが、受け流すわけにはいかなかった。

栄次郎はおゆうに顔を向けた。

「行き詰まっているんですよ」

理由はともかく、行き詰まっていることは事実だった。

「行き詰まり？」

「ええ。芸に自信がなくなっているんです。三味線を持つ気になれないんです」

いや、お露のことを考え、芸に身が入らないのだ。

「まあ、そんなことってあるんですか」

「ええ。この前も、師匠からそんなんでは稽古にならないとこっぴどく叱られました」

「栄次郎さんがそんなになっているなんて信じられません。どうして、そうなってしまったのですか」

「自分の心のどこかに慢心があったのかもしれません。その罰《ばち》が当たったのでしょう」

栄次郎は自嘲気味に口許を歪めた。

「私でなんとかならないんでしょうか」

おゆうは真剣な眼差しで言う。

「ありがとう、おゆうさん。でも、これぱかりは自分で克服しなければならないことですからね」

栄次郎は自分自身に言い聞かせた。

おゆうは寂しそうな顔をした。

「なあに、きっと克服してみせます」

そう口にした傍から、お露の面影が脳裏を掠めた。

五

その夜、栄次郎は刀を持って庭に出た。

物置小屋の近くにしだれ柳がある。その前に、栄次郎は腰に刀を差して立った。深呼吸をし、心気を整える。やがて、膝を曲げ、居合腰で構える。

子どもの頃から田宮流居合を習っており、二十歳を過ぎた頃には、栄次郎は師範にもまさる技量を身につけていた。

左手で鯉口《こいぐち》を切り、右手を柄《つか》に添える。柳の葉が微かに揺れた瞬間、右足を踏み込み、伸び上がりながら抜刀する。

普段は切っ先は葉から一寸にも満たない位置でぴたっと止めるのだが、お露への未練を断ち切るように剣を振り切った。ふたつに裂けた葉が地べたに舞い落ちる。

頭上で剣を回して鞘に納め、再び、居合腰で構える。

半刻（一時間）近く、何度も繰り返した。汗が目に入った。だが、お露への思いは依然として栄次郎の心の中に残っていた。

お露は死んだのだ。もう、この世に存在しない。なのに、胸の底に何かがくすぶっている。

もう一度、剣を抜こうとした。だが、何度やっても無駄だと思った。

深いため息をつき、栄次郎は井戸に向かった。

釣瓶《つるべ》を落とし、水を汲む。体を拭き、部屋に戻ろうとしたとき、濡れ縁に兄の栄之進が立っているのに気づいた。

「栄次郎。私の部屋に来い」

兄がさっさと自分の部屋に向かった。

栄次郎は濡れ縁に上がり、兄のあとにしたがった。

部屋で、兄と差し向かいになった。栄次郎は空《から》元気を見せ、

「兄上。来月はまた、市村座に出る予定でいます。謝金が出たら、兄上にもお回ししますよ」

と、明るく振る舞った。

栄次郎はときたま師匠といっしょに舞台に出て三味線を弾き、謝金を得ている。そのうちの半分ぐらいを、いつも兄に小遣いとして渡していた。兄は不機嫌そうな顔で

いつも受け取っている。

だが、きょうの兄は厳しい表情を崩さず、

「栄次郎、何か心配ごとでもあるのか」

と、きいた。

「あれば、なんでも話せ」

「いえ。たいしたことでは……」

兄は鋭い目で栄次郎を見つめている。栄次郎はとっさに思いついた。

「じつは、私の友人に新八という男がおります」

「うむ。浄瑠璃の仲間だな」

「はい。その新八さんが、今、奉行所から追われているようなのです」

兄は不審そうな顔をした。兄の疑いの目をさらに深めてはいけない。栄次郎はなおも新八の話を続けた。

「ここだけのことに願います。新八は江戸に浄瑠璃の勉強に来ている相模の大金持ちの三男坊ということになっていますが、実の正体は盗人なのです」

「盗人だと」

「はい。もっとも、豪商や富裕な武家屋敷に忍び込むだけで、決して貧しい者からは一銭足りとも盗むことはしません」

栄次郎は新八のために言った。

「ところが、過日、新八は旗本増山伊右衛門の屋敷に忍び込み天井裏を移動中に、増山伊右衛門が女中を手込めにしようとするのを見つけ、見捨てておけずに助けに入り、そのために駆けつけた家来と争いになったのです。家来を振り切り、逃げたのですが、その際、新八さんが特別に誂えた竜虎の根付を落としてしまったのです」

栄次郎はいっきに喋った。

「増山伊右衛門からの訴えで動いた奉行所が、その根付が新八さんのものだと調べ出しました。新八さんは今、追い詰められているのです」

そのことで、頭を悩ましているのだと、栄次郎は言った。

「もし、兄上のほうで、なんとかなるものなら、新八さんの追及を止められないものかと思いまして」

無理を承知で頼んだ。

「もし、手込めの件がほんとうなら、増山どのをなだめることは出来るかもしれない。だが、すぐには無理だ」

「はい」

「そのことは考えておこう。それで？」

兄がなおもきいた。

「えっ」

話がついたと思っていたので、栄次郎はあわてた。

「栄次郎、それだけではあるまい。栄次郎には、もっと深刻な悩みがあるのではないか」

兄は鋭くきいた。

「いえ、何も」

栄次郎は小さくなって否定する。

「栄次郎。私の顔を見るのだ」

「はい」

栄次郎は兄の視線を真正面からとらえた。

「栄次郎。苦しそうだな」

兄の声にはっとした。

「兄に対して、水臭いぞ」

「いえ、兄上。私は……」

「栄次郎。私に隠しても無駄だ。栄次郎が苦しんでいることはよくわかる。女のことだな。そうであろう」

兄はいつも威厳に満ちた顔をし、世間では堅物《かたぶつ》として通っている。嫂《あによめ》に先立たれた兄は、いつまでも亡くなった嫂を忘れられないという様子だった。

だが、実際の兄は違う。兄上は深川の娼家では人気者だった。安女郎たちから慕われている。

一度、兄を深川の安女郎屋に誘ったことがある。永代寺の裏手にある『一よし』だ。いやいやついて来た兄は終始不機嫌そうだった。

兄を誘ったことを後悔したが、じつはそうではなかった。その後も、こっそり兄はひとりで深川に通っていたのだ。兄は、おぎんという遊女がお気に入りだった。

一度、栄次郎は『一よし』で兄に遭遇したことがある。『一よし』の玄関に入ったとき、娼家の内証（居間、帳場）から娼妓たちの笑い声が聞こえた。兄が娼妓たちを集めて笑わせていたのだ。

屋敷での兄とは別人だった。兄は矢内家の長男として、いつも己に厳しく生きてきたが、ほんとうの兄の姿がそこにあると思った。

兄は娼妓たちの身の上の相談にも乗ってやっているらしい。堅物だと思っていた兄の意外な一面を見て、栄次郎はうれしくなったものだ。

「栄次郎。私だって、だてに『一よし』に通っているわけではない。男と女の切ない情がわからないほど無粋ではない」

「はい。申し訳ございません」

「謝る必要はない。母上や私を心配させまいとしてのことであろう。だが、母上はともかく、私はそなたの兄だ。何かしてやれることがあるかもしれない」

「ありがとうございます」

栄次郎は答えたものの、自分で解決する以外に他に方法はないのだ。いくら、兄が百万遍もの言葉を投げかけてくれても、栄次郎の心を救うものはない。ただ、兄の気持ちだけはうれしく思った。

「あの門付け芸人のお露のことが忘れられないのだな」

兄はずばりと言い当てた。

「はい。兄上。栄次郎は自分でも情けなくなります」

栄次郎は自嘲気味に言う。

「いや。そこまで女子を思うことが出来るのはうらやましいかぎりだ」

兄はそう言ってから、

「栄次郎。男の心を強くする方法がひとつある」

「強くする方法？」

「女のことを忘れろとは言わぬ。また、無理であろう。だが、女のことが忘れられなくとも、それに打ち勝つ強い心があればよい。その強い心を摑むのだ」

「どうすればよいのですか」

栄次郎は藁《わら》にも縋《すが》る思いできいた。

「旅だ。旅に出よ」

「旅に？」

「そうだ。旅に出て、広い世間を見るのだ。己のちっぽけさがわかる。江戸にいて思い悩むより、旅先に身を置くのだ。そういえば去年は三島宿まで行ったな」

「はい。吉右衛門師匠の縁で」

三島の宿場町で絹織物屋を営む『幸田屋』の主人音兵衛《おとべえ》が、師匠や栄次郎を招いてくれたのである。

音兵衛は商売で、江戸に頻繁《ひんぱん》に出向いており、江戸に滞在しているときは、吉右衛門に長唄を習っていた。

その招きで出向いた三島宿で、お露と出会ったのだ。またも、お露のことに思いが向いて胸が苦しくなった。

「であれば、さらに遠くへ。駿府、浜松、いや京か」

「京……」

そう思ったとき、栄次郎は新内語りの春蝶を思い出した。春蝶に無性に会いたくなった。春蝶は破天荒な暮らしをしてきた男だ。若い頃は何人もの女との艶聞をまき散らし、ときには、ひとの女房に手を出し、あやうく命を落としかけたこともあったり、情死寸前まで行った女もいたという。

春蝶に会いたいと思った瞬間、栄次郎の中で行き先が定まった。

「兄上。伊勢に行って来ます」

「おう、伊勢か」

兄は膝を叩いた。

「よかろう。ひとびとは一生に一度は伊勢に行きたいと思っているそうではないか。伊勢まで行き、場合によってはさらに奈良、京まで足を伸ばすのもいい。栄次郎。そうしろ」

兄は熱い口調で勧めてくれた。

「兄上。ありがとうございます」

栄次郎は伊勢へと言ったが、伊勢神宮へのお参りよりも、春蝶に会いたいという思いのほうが強かった。


翌日から、栄次郎は旅立ちの支度にとりかかった。

まず、はじめに挨拶しなければならないのは師匠の杵屋吉右衛門に対してだった。

栄次郎は朝早く、まだ稽古がはじまる時間の前に、元鳥越の師匠の家を訪れた。

「師匠。お詫びがあって参りました」

栄次郎は頭を下げた。

師匠は不審そうな顔をした。

「じつは急に旅に出ることになりました」

「旅に?」

「はい。申し訳ございません。来月の市村座の舞台に立てなくなりました。師匠にはたいへんなご迷惑をおかけして心苦しいのですが、どうかお許しください」

栄次郎は詫びるしかなかった。

「そうですか。旅に……」

師匠は意外そうに呟いた。

「はい。自分を少し見つめ直して来たいと思いまして」

「近頃の栄次郎さんはとても苦しそうでした」

師匠は吉栄という名取り名ではなく、本名で呼んだ。

「市村座の舞台はとても残念ですが、栄次郎さんのためにはそれが一番いいかもしれませぬ」

師匠は自分自身に言い聞かせるように言った。

「どちらのほうに行きますか」

「とりあえず、伊勢を目指そうかと思っております」

「伊勢ですか」

少し考えてから、

「浜松に『川村屋』という酒屋があります。そこの主人とは兄弟弟子の間柄です。手紙を書いておきますから、ぜひお立ち寄りなさい」

「それは心強いことでございます。ありがとうございます」

「それから、三島宿の幸田屋さんのところにも顔をお出しなさい。きっと、喜ぶでしょう」

前回、師匠と行ったときには絹織物屋を営む『幸田屋』の主人音兵衛に世話になったのである。

「お弟子さんには、私からお話ししておきましょう」

師匠は急に真顔になった。

「どうぞ、お気をつけて行って来てください。そして、一回りも二回りも大きな人間になって戻って来られることを期待しております」

帰って来るのはひと月か、あるいは二、三カ月先か。栄次郎にもわからない。

「ちょっとお待ちなさい」

師匠はそう言って立ち上がった。

四半刻（三十分）近く経って、手に文を持って師匠が戻って来た。

「これは、『川村屋』さんへの紹介状です。宿場できけば、わかるはずです」

「師匠。何から何まで、ありがとうございます」

栄次郎は手紙を押しいただいた。


それから、浅草黒船町のお秋の家に行った。

「いらっしゃい」

お秋が元気に出迎えた。

「お秋さん。ちょっとお話があります」

「なんでございますか。改まって」

お秋の目に不審の色が浮かんだ。

「まあ、お上がりになって」

お秋は先に梯子段を上がった。

栄次郎が借りている小部屋に入ると、お秋はすぐに窓の障子を開けた。爽やかな風が入って来た。

お秋と差し向かいになってから、

「お秋さん。じつは旅に出ることになりました」

と、栄次郎は切り出した。

「旅ですか」

まだ実感が伴わないように、お秋が呟く。

「はい。しばらく、江戸を留守にしますので、そのご挨拶に参りました」

「どちらへ」

「とりあえず、伊勢を目指そうと思っています」

「お伊勢さんですか」

「場合によっては、京まで足を伸ばすかもしれません」

「えっ、じゃあ、どのくらい行ってらっしゃるのですか」

「わかりません。ひと月から二、三カ月……」

「えっ、三カ月ですか」

お秋が浮き足立った。

「そんな……。三カ月も栄次郎さんに会えないなんて、寂しいじゃありませんか」

「申し訳ありません」

「どうしましょう」

お秋はうろたえた。

「私は栄次郎さんのお世話をするのが楽しみだったんですよ。毎日、ここで栄次郎さんの稽古をする三味線の音を聞いているのが仕合わせだったんですよ。それなのに、三カ月もいなくなるなんて」

「お秋さん。別に、ずっといなくなるわけじゃありません。また、帰って来ます」

「でも、三カ月先だなんて」

お秋が深いため息をついた。

「私もいっしょに行きたいわ」

「お秋さん。私は自分を見つめ直したいんです。正直言いますと、今、私は芸に行き詰まっているのです」

「行き詰まり？」

お秋は怪訝そうな顔をした。

「はい。芸に集中出来ないのです」

もちろん、その原因がお露のことにあるとは口に出せない。

「自分を成長させるためにも、旅に出るべきだと、兄に勧められたのです」

「栄之進さまが？」

「はい。このままでは、私はだめな人間になってしまう。それで、思い切って旅に出ることにしたのです」

お秋は袂で目の涙を拭い、

「栄次郎さんがときおり苦しそうな顔をしているのに気づいていました。でも、そんなに深刻だったとは……」

やはり、栄次郎の苦悩は周りの人間にも知られていたのだ。周囲に迷惑をかけていたのだと、栄次郎は改めて胸が痛んだ。

「お秋さん。きっと、大きな人間になって帰って来ます。それまで、待っていてください」

「わかりました」

背筋をしゃんと伸ばし、お秋は言った。

「栄次郎さん、行ってらっしゃいまし。この部屋はいつ帰って来てもいいように、毎日きれいに掃除をしておきます。旅先のご無事を祈っております」

「ありがとう。お秋さん」

栄次郎はしんみりとなった。


それから、栄次郎は団子坂近くにある棟割長屋に、新内語りの音吉を訪ねた。

軒の傾《かし》いだ貧しい長屋のとっつきにある音吉の住まいの前に立った。まだ、夕暮れには間がある。

腰高障子を開けて声をかける。

「音吉さん、いらっしゃいますか」

「あっ、栄次郎さん。どうぞ」

「お邪魔します」

「さあ、どうぞ。汚いところで申し訳ありませんが」

音吉は三味線をどけ、栄次郎が腰を下ろす場所を作った。

「いえ、すぐに引き上げます」

「栄次郎さん。今、茶をいれます。煎茶をもらったんですよ。贔屓《ひいき》にしてくれる旦那がくれたんです」

火鉢では鉄瓶が湯気を上げていた。

「さあ、どうぞ」

音吉が茶をいれてよこした。

「すみません」

栄次郎は湯呑みを摑んだ。

「いい香りですね」

栄次郎はにこりとした。

「ええ。宇治茶ですよ」

「宇治ですか」

栄次郎は湯呑みを置いた。

「音吉さん。じつは、伊勢に旅立つことになりました」

「えっ、伊勢ですって」

音吉が目を瞠《みは》った。

「ええ。春蝶さんに会いたいと思っているんです」

「栄次郎さん、本気ですかえ」

「ええ。それで、きょうはその挨拶に寄ったんです」

「でも、春蝶師匠らしき新内語りがいたってだけで、ほんとうに師匠だったかどうかわからないんですぜ。それに、また、どこかへ移動しちまったかもしれません」

「ええ。でも、あれだけの名人です。どこかに痕跡が残っているはずです」

春蝶は数年前、加賀に行き、江戸に帰って来た。そのとき、昔捨てた伜と、加賀の山中温泉で会ったという。その伜が呼んでいるので、また行って来るという書置きを残して、姿を消し、それきりになっている。

「自分を見つめ直すために旅に出るのですが、春蝶さんに会うことによって、自分のあるべき姿が見えてくるような気がしているのです。今の私には春蝶さんが必要なのです。きっと、春蝶さんを探し出して、江戸に連れ戻しますよ」

栄次郎は自分自身への覚悟の意味で言った。

「そうですかえ。そこまで師匠のことを。ありがてえ」

音吉は涙ぐんで、

「栄次郎さん。よろしく頼みます。ほんとうなら、あっしが師匠を連れ戻しに行かなくちゃならねえんですが、ご承知のように、まだ修業の身。そんな勝手は許されませんー」

音吉はやりきれないように言う。

「音吉さんの思いも、春蝶さんに届けますよ」

「すまねえ。このとおりだ」

音吉は畏《かしこ》まって頭を下げた。

「じゃあ、音吉さん。しばらくお会い出来ませんが、お達者で」

「栄次郎さんも道中、ご無事で」

音吉の長屋を出て、栄次郎は帰途についた。

春蝶を必ず連れて帰ると心に言い聞かせながら歩いているうちに、いつしかお露のことに思いが向いていた。

六

翌日、加賀前田家の上屋敷前の追分《おいわけ》で、中山道に道をとり、栄次郎は小石川片町に向かった。

それから四半刻（三十分）後、片町のある寺の庫裏《くり》の座敷で、栄次郎は岩井文兵衛と対座していた。

「栄次郎どの。急の呼び出しは何事かな」

気になっていたものと思え、文兵衛はいきなりきいた。

「旅に出ることになりました。それで、その前にご挨拶をと思いまして」

「なに、旅に？」

文兵衛は微かに眉を動かしたが、あとはいつもののんびりした顔で、

「ますます、栄次郎どのはいい男になっていくようだ」

と、笑みを浮かべた。

「よきかな。栄次郎どの。行って来なされ。旅は人間を大きくする」

そう言ったあとで、文兵衛は付け加えた。

「じつは、私も栄次郎どのに旅に出ることを勧めたいと思っていたのだ。まさか、栄次郎どのから言われるとはちっと遅かったか」

文兵衛はいたずらっぽく笑った。

「兄から勧められました」

「なに、栄之進どのから？」

「はい」

「そうか。栄之進どのもさばけてきたな。結構、結構」

文兵衛は満足げに頷いた。

「で、どちらへ？」

「とりあえず、伊勢を目指します」

「伊勢参りをするのか」

「はい。ですが、目的は新内語りの春蝶さんです。春蝶さんが伊勢にいるらしいのです。ぜひ、春蝶さんに会いたいのです」

「そうか、春蝶は伊勢にいるのか。そうか。栄次郎どのに今、必要なのはあの男かもしれない」

文兵衛がしみじみ言う。

若い頃、文兵衛は吉原で何度か春蝶の新内を聞いたことがあったという。

「春蝶の声の艶は生まれつきというものだけではない。あのかんのきいた声には悲しみや喜び、切なさが滲み出ている。女のことでも、さんざん悩み、苦しんできたのであろう。私も機会があれば、もう一度、会ってみたいと思っている」

「御前とはまた違った男の色気があります。御前の陽に対して陰の色気というべきものがあります」

「いや。私など、春蝶には足元にも及ばぬ」

「いつか、御前と春蝶さんの喉比べを拝聴したいものです」

栄次郎は春蝶に思いを馳せた。

おそらく、伊勢においても三味線を抱えて町を流しているのだろう。

「栄次郎どの。また、旅先で難儀に巻き込まれるかもしれぬ。お墨付きを……」

「御前。ありがたいのですが、それは遠慮いたします」

去年、三島宿まで出かけたときには、「この者、我が使いなり」と認《したた》められ、御朱印、つまり将軍の印が押してある書状を授けてくれた。十三代将軍家斉が栄次郎に、勝手たるべしというお墨付きを与えてくれたのだ。

そのおかげで三島の代官所の者とも対等に話し合いが出来、大いに助かったことがあった。

また、『人馬の御証文』も用意してもらった。これは、御家人が御用道中をするときに月番老中から下付されるもので、これがあれば旅先の宿々で、人馬を徴発して、自由に使えるというものであった。

さらに、若党の半助《はんすけ》を供に連れて行った。

そのように常に庇護された状態だった。何事においても、その書付けを見せれば、誰もが平伏した。が、それは栄次郎に対してではない。御公儀に対してなのだ。

今度の旅は、そのようなものは必要ない。栄次郎はきっぱりと言った。

「栄次郎どのの覚悟、あいわかりました。なれど、万が一のときには……」

「御前。心配無用にございます」

「うむ。わかった。栄次郎どのがどんな男になって帰って来るか、まことに楽しみでございますな」

文兵衛は笑った。

翌日の夜、栄次郎は母に呼ばれ、仏間に行った。

母は灯明《とうみょう》を上げ、仏壇の前に座っていた。

「母上。お呼びでございましょうか」

栄次郎は腰を下ろし、母に声をかけた。

「今、亡き父上に、栄次郎の旅先での無事をお願いしておりました」

そう言い、母は振り返った。

「旅に出ること。母は賛成しかねます。ですが、栄之進のたっての頼みゆえ、渋々、承知いたしました。栄次郎」

「はい」

「旅先で何が起こるかわかりませぬ。ときには病にかかることもございましょう。あと、どんな難儀に襲われるかもしれませぬ。ですが、決して逃げてはいけません。旅に出れば、自分ひとりが頼り。それ相当の覚悟で旅立たれるように」

「はい。心して行きます」

「栄次郎も父上に道中の無事をお願いしなさい」

そう言い、母は仏前の場所を空けた。

栄次郎は仏前に進み出た。手を合わせ、父に心の内で声をかけた。

(父上。どうぞ、栄次郎をお守りください)

矢内の父も母も、栄次郎の実の親ではない。

栄次郎は将軍家斉公の実父、大御所治済が旅芸人の女に産ませた子である。それを矢内の父と母が引き取り、育ててくれたのだ。

しかし、栄次郎は矢内の父と母を実の親だと思っている。

襖の外で、声がした。

「よろしいですか」

兄の声だ。

「どうぞ」

母の声に、兄が入って来た。

栄次郎が仏前を離れると、兄がそこに座り、手を合わせた。

栄次郎のために、兄も父に無事を願っているのだと思うと、つい目頭が熱くなった。

兄が振り向いた。

「栄次郎。これを預かって来た」

兄は木札を差し出した。手形だ。

栄次郎は受け取る。往来手形だ。ふつうの関所手形と違って、所定めず往来を許されるものだ。

表には栄次郎の名が書かれ、このたび日本廻国に罷り出る由の記述がある。

「裏書きを見よ」

栄次郎は木札を返してから、あっと目を瞠った。

そこに御朱印、つまり将軍の印が押されていたのだ。

岩井文兵衛だ。きのう旅に出る話をしたばかりだ。すぐに、これを手配してくれたのだ。この特別な往来手形には文兵衛の気持ちがこもっていた。

「ありがたいことです」

栄次郎は呟いた。

「それから、これを」

兄は袱紗包みを差し出した。

「これは?」

「それも岩井文兵衛さまからだ」

十両あった。

「もったいない」

栄次郎は遠慮しようとした。すると、母が言った。

「栄次郎、とっておきなさい。旅先では何があるかわかりません」

「はい」

母に言われ、栄次郎は素直に受け取ることにした。

「栄次郎。道中記は持ったな」

「はい。持ちました」

道中記は宿場順に行程と各宿場の見どころなどが書かれた旅行案内書である。

「母上、兄上。それでは、明日からしばらく留守をいたします。どうぞ、お体をおいといください」

「栄次郎も旅先の水には気をつけるのですよ」

「はい」

「栄次郎。こっちのことは心配するな。自分のことだけ考えよ。強くなって帰って来るのを待ち望んでいるぞ」

「兄上。何から何までありがとうございます」

「何、水臭いことを言うか。私たちは兄弟ではないか」

「明日は早いのでしょう。もう、おやすみなさい」

「はい」

兄と母と、このままもっと話をしていたかったが、そうもいかず、栄次郎は自分の部屋に引き上げた。

いよいよ、明日は江戸を発つのだった。

第二章　府中の一徹者

一

翌日、夜明け前に栄次郎は、野羽織に野袴姿、そして草鞋《わらじ》履き。大小刀に沙羅《さら》の柄《つか》袋をかけて、母と兄に見送られ屋敷を出た。

辺りは薄暗い。家々の戸は閉まり、町はまだ眠りについたままだ。

途中、振り返ると、ふたりはまだ見送っていた。

「母上、兄上、しばしのお別れにございます」

栄次郎は心の内で声をかけた。

心が残るのを振り切り、栄次郎は足を早め、本郷通りを神田川方面に向かった。

昌平橋を渡り、日本橋まで一気に歩いた。明かりが灯っている店は豆腐屋だ。朝の早い仕事はもう活動をはじめている。

日本橋の袂《たもと》にある自身番の提灯《ちょうちん》の明かりが見えて来た。朝が早い魚河岸のほうからひと声がする。

向こう岸に並んでいる上方商人らの土蔵の前の桟橋には船が着いていた。

日本橋を渡ると、高札場の前で、ひと影が揺れた。

「あっ、おゆうさん。頭取も」

おゆうの父親の政五郎まで見送りに来てくれたのだ。

「栄次郎さん。これ」

おゆうが護り袋をよこした。

「明神《みょうじん》さまのお守りです」

「ありがとう」

去年、三島に旅立つときも、おゆうは神田明神のお守りをくれた。

「これがあると心強いですよ」

栄次郎はお守りを懐に仕舞った。

「栄次郎さん、お気をつけて行ってらっしゃいまし」

横にいた政五郎が言う。

「政五郎さん。ありがとうございます」

「もっと早く知っていれば、盛大にお見送りをしたかったんですがね」

「いえ、そんな大袈裟なものではありませんから」

鳶の者を集め、自慢の木遣《きや》りで見送るようなこともしかねなかった。

「ともかく、ご無事のお帰りをお待ちしています」

「栄次郎さん。お体に気をつけて」

「じゃあ、行って来ます」

ふたりに見送られ、栄次郎は東海道を西に向かった。

ここから京、大坂まで五十三次。とりあえず、栄次郎が目指す伊勢へは、桑名の先の四日市から伊勢街道に入るのだ。

江戸一番の賑わいであるこの界隈も、まだ死んだように寝入っている。

夜が明けた頃に高輪の大木戸を過ぎ、品川宿から鈴ヶ森を経て、六郷の渡しを渡った。川崎宿である。日本橋から約四里（十六キロ）。

川崎宿の問屋場《といやば》の近くに『梅の家』という旅籠《はたご》があるが、この旅籠の女将は栄次郎の実の母親であった。

母は胡蝶《こちょう》という名の旅芸人だったが、当時、一橋家の当主だった治済に見初《みそ》められ、身ごもったのが栄次郎だったのである。

栄次郎は近習番だった矢内の父に引き取られ、矢内家の子として育てられた。出生の秘密を知った栄次郎は、ここに母を訪ねて来たことがあった。

対面した瞬間、母子とわかったが、栄次郎も母もお互いに名乗ることをせずに、そのまま別れた。

川崎宿から約三里（十二キロ）で神奈川宿である。栄次郎は、川崎宿を素通りした。左手に海が見えて、松林が続く。街道には旅人が多い。江戸を離れたという実感がひしと胸に迫り、栄次郎はまたもお露のことを思い出した。

一時は、江戸を捨て、お露といっしょに旅立とうとまで決心したのだ。もし、お露が殺し屋の手先でなければ、今頃は栄次郎はお露とともに、旅の空の下にいたかもしれない。

昼前に、神奈川宿に着いた。そこで昼食をとり、その夜は藤沢宿で旅装を解いた。去年三島宿まで旅をしたときに泊まった旅籠に泊まった。

だいたい、一日に移動する距離の目安は十里（四十キロ）ほどである。

ひとり床に就くと、どこからか三味の音が聞こえてきた。栄次郎は跳ね起き、聞き耳を立てた。

お露の弾く音ではないかと思い、やがて、もうお露はいないのだと気づき、胸が切なくなった。それから、なかなか寝つけず、栄次郎は旅籠の庭に出た。

星が瞬《またた》いている。三島ではじめて出会ったときも、こんな星の夜だった。

お露のしっとりとした柔肌の感触や、甘い切ない忍び声が蘇り、胸を切なくした。

だが、すぐに、お露の体に脇差を突き刺したときの衝撃が思い出され、気が狂いそうなほどの息苦しさに襲われた。

「お露さん」

覚えず口にした自分の声に驚き、我に返った。

栄次郎は部屋に戻った。


翌日は人足の担ぐ輦台《れんだい》に乗って酒匂川《さかわがわ》を渡り、その夜は小田原の旅籠に泊まった。

この小田原には吉右衛門師匠の弟子のひとりである海産物問屋『錦屋《にしきや》』の主人がいる。訪れれば喜んで泊めてくれるだろうが、今の栄次郎にとっては煩わしいことだった。

一夜明け、栄次郎は箱根に向かった。

去年、『錦屋』の主人がつけてくれた八五郎《はちごろう》という男に案内してもらったので、箱根越えの知識はあった。

風祭一里塚に近づいた頃に夜が明け、早川にかかった湯本三枚橋に差しかかると、茶屋で、早立ちの旅人が休息している。

ここから、湯本から塔之沢、宮之下など箱根湯本温泉湯治に向かう七湯道が分かれている。栄次郎は箱根八里の道を進んだ。

旅人の姿もちらほら見える。

三枚橋を渡って、道は急坂になった。『女転ばしの坂』と呼ばれている急坂を過ぎ、畑宿に着いた。茶屋が並んでいる。

挽物細工《ひきものざいく》、指物《さしもの》細工、漆器細工などの細工物の生産が盛んなところだ。

大勢の旅人が茶屋で休んでいたが、栄次郎は休まず進んだ。一里塚を過ぎて急坂になり、やっと平らな場所に出たと思ったら、また上り坂になる。

鬱蒼とした木立の中を喘《あえ》ぎながら上って行くと、急に木立の中から眼下に芦ノ湖が見えた。

坂を下り、芦ノ湖に出た。

大小の石仏、供養塔が安置されている賽《さい》の河原から杉並木を行くと、十五軒ほどの茶屋が並んでいる新谷町に出た。

関所は湖に向かってあり、背後は屛風山である。

関所の入口には旅人が列をなしている。『千人溜まり』だ。

関所には、番頭一名、横目付一名、番士三名、定番人三名、足軽中間十五名などの役人が詰めていた。

相模国小田原藩藩主大久保家の家来である。

旅人は順次、関所の江戸口御門を入り、定番人に手形を見せていく。

栄次郎は往来切手を見せた。諸国どこへでも行ける手形である。身分証明書であり、なんなく通行を許された。

箱根の関所を抜けて、箱根宿を過ぎ、杉並木の道を上って行くと伊豆と相模の国境である箱根峠に出た。

坂を下る。途中、かなりな急坂を経て、谷田に近づいて来た。川原ケ谷を過ぎ、神川にかかる新町橋を渡ると、宿場に出入りの旅人を監視する見付《みつけ》があった。

ここが三島宿の入口だ。

三島は三島権現の門前町として栄えている。三島宿は本陣二、脇本陣三、旅籠大小合わせて七十四軒。この三島権現の西に向かって並んでいる。

下田街道、甲州道とも交差しており、ひとの往来は激しい。

幕府の直轄地、すなわち天領は約七百万石、そのうち約二百六十万石が旗本の知行地であり、幕府の直接収入になる領地は約四百四十万石。そのうち、駿河・遠江・三河・甲斐・信濃・伊豆の六カ国で六十万石である。

これらの土地の支配は、勘定奉行の支配下にある代官が行っており、この地は伊豆韮山《にらやま》代官江川太郎左衛門《えがわたろうざえもん》支配である。

栄次郎は三島宿を足早に通り過ぎた。この地で、お露と出会ったのであり、まだ記憶も生々しい。

栄次郎は今夜の泊まりを沼津宿と考えていた。

松並木の街道を行き来する者は多い。しばらくして、栄次郎はずっとつけてくる男に気づいていた。

はじめて男を見かけたのは畑宿の茶屋だ。そこに休んでいた客のひとりが、栄次郎が素通りしたあと、すぐに茶屋を立ったのだ。

今また三島宿を行き過ぎると、男もまた、そのまま三島宿を素通りした。

男は菅笠をかぶり、小倉織の半合羽に道中差。股引き、脚絆《きゃはん》に草鞋履き。身軽な足捌きだ。

栄次郎は暗くなって、沼津宿に着いた。

沼津は水野忠成《みずのただあきら》のご城下である。

あまりしつこくない客引きの和田屋仁平《にへい》という旅籠に入った。飯盛女のいない平旅籠だ。土間で足を濯《すす》ぎ、二階の部屋に案内された。どこかで宴会でもあるのか、ばか騒ぎが聞こえた。

「少しうるそうございますが、お許しください」

女中がすまなそうに言う。

「いや。かまわない」

栄次郎は気にならなかった。

「伊勢講のひとたちですよ」

「伊勢講？」

伊勢参りに行くために、金を貯めて来たのだ。いつも旅籠で豪遊していれば、先が持たないだろうと心配する。

伊勢信仰は盛んで、伊勢参りにたくさんのひとが出かけて行く。伊勢参りに行くのは裕福なひとたちばかりではない。そのために、伊勢講なるものが生まれた。まとまった人数で講を作り、お金を積み立てて行くのだ。大山詣でなら大山講、富士山に行くから富士講と、いろいろな講が出来ている。

「江戸からですか」

「さあ、私が係ではないのでわかりません」

来たとき、気づかなかった。ひょっとしたら、別の土地のひとたちかもしれないと思った。

栄次郎は旅装を解き、宿の浴衣に着替え、窓辺に寄った。

はっとした。窓の下を三味線を抱えた門付け芸人が通り過ぎて行った。お露の面影を求めて、笠をかぶった女のあとを目で追った。

女中が風呂が空いたと知らせに来た。栄次郎は手拭いを持って風呂に向かった。

梯子段を下ると、三味線の音が聞こえてきた。伊勢講のひとたちの宴会の場からだ。

風呂に入っていると、卑猥な唄声が聞こえてきた。風呂場の窓から庭越しに、大広間の一部が見えた。

伊勢講のひとたちが宴会をしているのだ。土地の芸者が三味線を弾いているのか。

いい音だ。だが、今の栄次郎には三味線の音が辛すぎた。

広間から誰かが廊下に出て来た。恰幅のよい男だ。風格がある。だが、目つきは鋭い。ふつうの商人のようには思えなかった。男は厠へ向かった。

風呂から上がると、夕飯の支度が出来ていた。

栄次郎が膳の前に座ると、女中が徳利を持って来た。

「お酒を頼んだ覚えはないが」

栄次郎は戸惑い気味に言う。

「いえ、向こうのお部屋のお客さんがお持ちするようにと」

女中はなんでもないように簡単に言う。

「向こうの客？」

「はい。お食事をごいっしょしていいか、きいてきてくれと頼まれました。いかがいたしましょうか」

ずっとつけて来た旅人に違いない。

「いいでしょう。呼んでください」

何者かが気になったので、栄次郎は会ってみようと思った。

「では、そのようにお伝えします」

「そうそう、伊勢講の宴会で三味線を弾いているのは土地の芸者さんですか」

「いえ、旅芸人ですよ」

「旅芸人……」

一瞬、お露の顔が脳裏を掠《かす》めた。

徳利を置いて、女中が去った。

しばらくして、廊下から声がした。

「失礼します」

おやっと思った。聞き覚えのある声だ。

障子が開いて、男が顔を出した。

栄次郎は、あっと声をあげた。

「新八さん」

「へえ、新八です」

新八は部屋の入口で、裾をぽんと叩いて正座した。

「驚きました。じゃあ、畑宿の茶屋からずっとつけて来たのは新八さんだったのですか」

栄次郎は呆気にとられた。

「やはり、お気づきでしたか。いえ、あっしも驚きました。茶屋で休んでいたら、旅のお侍さんが足早に行き過ぎて行くではありませんか。笠で顔が隠れていてよくわかりませんが、栄次郎さんに似ている。でも、栄次郎さんがこんな場所にいるはずはない。そう思いましたが、やはり似ている。半信半疑のまま、つい、ここまであとをつけて来てしまったってわけです」

新八は苦笑いをしながら説明し、

「栄次郎さん。いったい、どちらへ」

と、きいた。

「伊勢までです」

「伊勢ですかえ」

「新八さん。そんなところで畏《かしこ》まっていないで、こっちに来て足を崩してください」

栄次郎は勧める。

「へい。じゃあ、遠慮なく」

新八が座を移そうとしたとき、女中が新八の膳を運んで来た。

改めて向かい合い、

「私も驚きましたよ。まさか、新八さんと会うとは思いもしませんでした」

と、栄次郎は偶然の再会を喜んだ。

「あれからすぐ江戸を離れるつもりだったんですが、通行手形を手に入れるのに手間取りましてね。最後は、江戸の裏稼業に通じているお頭《かしら》に頼んで用意をしていただきました。それで、出発が遅れたんです。おかげで、栄次郎さんに会うことが出来たんですから、何が幸いするかわかりません」

「そうだったのですか。信楽に行くのでしたよね」

「そうです。こういう機会じゃないと、ふた親の墓参りも出来ませんからね」

「信楽には兄弟とか親戚とかは？」

「兄がおります。でも、折り合いが悪く、喧嘩別れも同然で、故郷を飛び出して来ましたからね。もう、赤の他人と同じですから」

「そうですか」

新八の寂しそうな顔に、栄次郎はかける言葉もなかった。

「まあ、とりあえず、お酒をいただきましょう」

気を取り直して、新八が言う。

「そうですね。いえ、手酌で」

お互い、手酌で酒を呑みはじめた。

「それより、栄次郎さんはなぜまた、伊勢に？」

「新内語りの春蝶さんを探しに行くんです」

お露を失った心の傷を癒すためだとは言えずに、栄次郎は春蝶をだしにした。

もっとも、新八はお露のことを知っている。

富裕な商家に大津絵売りの男がやって来て、絵を売っている最中に、商家の旦那に藤娘の絵を見せ、この娘を買わないかと持ちかける。そうやって、京や大坂で荒稼ぎした男女が江戸にも現れた。その売笑婦がお露だったのだが、そのことを調べて、教えてくれたのは新八だった。

「あっしは春蝶さんに会ったことはありませんが、栄次郎さんの話を聞いているので、他人事《ひとごと》とは思えません。ぜひ、春蝶さんに会えるといいですね」

「ええ。きっと、探し出し、江戸に連れて帰りたいと思っています」

春蝶に会えば、自分もきっと変わる。栄次郎はそういう期待を抱いている。

「新八さん。ひとりでやってください。私はご飯をいただきます」

そう言い、栄次郎はお櫃《ひつ》から飯をよそった。

二

翌朝、栄次郎と新八は宿で作ってもらった握り飯を持って出立した。

暗いうちから、たくさんの旅人が西と東に別れて宿を出た。

千本松原を行く。富士が雄大に迫っている。どうして、ひとの心はあの富士のように美しく、かつ悠然としていられないのかと切なくなった。

街道は松並木が続き、一里（四キロ）ごとに一里塚があり、休憩場である立場《たてば》もあり、快適に旅が出来るような配慮がなされていた。

三本松の立場を過ぎると、街道沿いに石地蔵があり、その前でしゃがんでいる四十過ぎの男がいた。

行き過ぎようとしたとき、

「もし、お侍さん」

と、声がした。

振り返ると、石地蔵の前でしゃがんでいた男が栄次郎を呼んでいた。

新八も立ち止まった。

「すまねえ。お侍さんたちは駿府《すんぷ》まで行きますかえ」

男は力のない声で言う。顎が尖って、眉の太い男だ。

「ああ、駿府は通るぜ」

新八が答える。

「頼みがありやす。これを」

男は懐から巾着《きんちゃく》を取り出した。

「これを、あるところに届けてもらいてえ」

栄次郎は受け取った。ずしりと重たい。二百両以上、いや三百両はあろうか。

「浅間《せんげん》神社の近くに、藤兵衛《とうべえ》という大工が住んでいます。その藤兵衛ってひとにこれを渡してもらいてえ」

「見ず知らずの旅人に、こんな大金を無造作に渡してだいじょうぶだと思っているのですか。私たちが約束を守らないかもしれないではないですか」

栄次郎は注意した。

「あっしの目に狂いはねえ。お侍さんの目は澄んでいる。きっと約束を守ってくださるはずだ」

男は細い目を鈍く光らせた。

「ひょっとして、沼津宿で同じ旅籠に?」

「ええ、そんなところです」

「どんな金なんだえ」

新八が横合いからきいた。

「そいつは勘弁してくだせえ」

「なぜ、自分で届けようとしないのだ?」

栄次郎が訝しく思ってきいた。

「あっしには別の用事があるんです。申し訳ありませんが、よろしくお願いいたします」

「おまえさんの名は？」

「名前なんて関係ねえ。じゃあ、頼みましたぜ。この金に、女の一生がかかっているんです」

「女の一生だと」

男はすばやく石地蔵の脇の小道に入り、駆けて行った。

「栄次郎さん。あの男。ただ者じゃありませんぜ」

新八は男が去ったほうを見て言う。

「ただ者ではないというと？」

「盗人ですよ。あの貪婪《どんらん》そうな目は隠せません」

「では、この金は盗んだものかもしれませんね」

「ええ。その可能性はあります。どうします？」

「引き受けてしまったものは仕方ありません。届けましょう。女の一生がかかっていると聞いては無下《むげ》に出来ません」

「そうですかえ」

新八は笑った。

「栄次郎さんのお節介病が出ましたね」

栄次郎はひとから頼まれたり、ひとが困っているのを見るとほうっておけない性分だった。育ての親である矢内の父親が同じだった。

これをとっても、栄次郎は自分の父親は大御所であるはずはなく、矢内の父親の子に間違いないと思っているのだ。

「そうと決まれば、急ぎましょう」

新八が緊張した顔をした理由は、栄次郎もすぐわかった。

あの者が盗人だとしたら、ゆうべ泊まった沼津宿のどこかの旅籠で盗みを働いた可能性が強い。今ごろ宿場では大騒ぎになっているかもしれない。

だとしたら、宿役人が追って来ることも考えられる。さっきの男は、それを見越して盗んだ金を預けたものと思える。

東海道を西に急ぐ。沼津宿から一里半（六キロ）で原宿に着く。富士がそびえ立ち、つい見とれる。

原宿をそのまま素通りした。

追手がやって来る気配はない。次の宿場の吉原宿まで、三里六丁。松並木を栄次郎と新八は足を緩めず進む。駕籠に乗って行く者、馬に揺られて行く旅人もいる。

前に旅芸人の一行がいた。四人だ。栄次郎は一行の中に若い女芸人を見つけ、胸が騒いだ。紅い着物を裾短く、白足袋に草鞋履き。菅笠をかぶり、手甲脚絆も花柄で、その後ろ姿はお露を思い起こさせた。

一天にわかにかき曇り、雷鳴が轟《とどろ》いた。お露さん、と覚えず栄次郎は声をあげそうになった。

だが、はっと気づく。空は青く澄んでいた。旅人が行き交うふつうの光景だ。

栄次郎は、ふとしたときに、お露のはずはないのに、気がつくとお露を探していることがある。

お露はほんとうは死んでいないのではないか。そう思ったりもする。そんなはずはない。この手で刺したのだ。そのときの感触はまだ手に残っている。

またも、胸の底から何かが突き上げてきた。岩井文兵衛が言うように、俺は魔性にとりつかれているのだと、栄次郎は思った。

「栄次郎さん、後ろから早足で近づいて来る男がいますぜ」

栄次郎も気づいていた。さっきは遠くに点のように見えた旅人だったが、今はだいぶ近くに迫っている。

腰に道中差。笠をかぶった商人のようだ。

やがて、すぐ背後までやって来た。

「もし、お侍さま」

男が声をかけた。

栄次郎は立ち止まった。

「私のことか」

「へえ。沼津宿の和田屋仁平という旅籠にお泊まりでしたねえ」

男がきく。

「そうだが」

「やっぱしそうでしたか。じつは、あっしも和田屋仁平に泊まっていたんです。お侍さまたちは早立ちだったから、ご存じないでしょうが、あのあと、たいへんだったんです」

「何がたいへんだったんだえ」

新八が口をはさんだ。

「へい。商売でやって来た大店の主人ふうの客が金がないと騒ぎだしたんですよ。それで、宿役人がやって来て、あっしたちは足止めです」

「盗人か。いくら盗まれたんだ？」

栄次郎はさっき預かった巾着のことを思い出した。

「三百両だそうです。帳場に預ければいいものを部屋に置いていたそうです。それで、泊まっている客の素性や荷物などをひとりずつ調べられました」

「金は出て来たのか」

「いえ、出て来なかった。それで、宿役人が早立ちの客のことを訊ねると、宿の主人がお侍さまとお連れの方の話をしたんです。そしたら、そのふたりが怪しいってことになってしまった。気をつけなせえ。今に追手が参りますぜ。じゃあ、あっしは急ぐんで」

男は足早に走り去った。

「栄次郎さん。まずいことになりましたぜ。持ち物を検《あらた》められたらやっかいなことになりまっせ」

新八が顔をしかめて憤慨した。

「あの男、やっぱり追手が来ることを予想して、あっしたちに金を預けたんですぜ。

とんでもねえ野郎だ」

「しかし、ほんとうのことなんでしょうか」

栄次郎は半信半疑だったが、現に三百両預かっている。

「ともかく、先を急ぎましょう」

新八がそう言ったとき、沼津方面から走って来る数人のひと影があった。

「やっ、もう来たようですぜ」

新八が驚いた。

「ともかく、気にせずに行きましょう」

栄次郎は歩きだした。

追手がほんとうに栄次郎たちが目当てなのかわからない。ほんとうは別の目的があるのかもわからないうちに、こちらから何かをすることは藪蛇《やぶへび》になりかねない。

栄次郎は気にせずに吉原宿を目指す。三島から沼津、原と常に右手に富士の勇壮な姿を見ることが出来る。

旅人が立ち止まり、富士の姿に見とれていた。

水田の向こうに富士の姿、左に海を見ながら、吉原宿に向かっていると、後ろから馬に乗った武士が、栄次郎を追い抜いてから立ち止まった。

「お待ちくだされ」

陣笠をかぶった馬乗袴の武士はすぐに馬から下り、立ち止まった栄次郎の前に駆け寄って来た。堂々とした体格の持ち主だ。

「私は沼津藩の町奉行所の原田三十郎《はらださんじゅうろう》と申します。失礼だが、ゆうべは沼津宿の和田屋仁平という旅籠に泊まりましたな」

武士は決めつけるように言う。

「いかにも」

「そのことで話をお聞きしたい。ここでは往来の邪魔。向こうへ」

原田三十郎は馬を松の枝につないだ。

「わかりました」

街道をそれ、松並木の向こう側に出た。浜辺だ。

波の打ち寄せては引く音が一段と大きく聞こえた。

「じつは旅籠で三百両盗まれました。旅籠には外から誰かが忍び入った形跡はなく、中にいた者の仕業の可能性が大きい。泊まり客をすべて調べたが、怪しい人間はいなかった。あとは、早立ちした卯平《うへい》という四十過ぎの男とそなたたちだけということになる」

原田三十郎は鋭い目を向ける。

「不躾《ぶしつけ》ながら、持ち物を検《あらた》めさせていただきたい」

「なぜ、ですか」

栄次郎はきき返す。

「なぜだと？　今の拙者の話を聞いていなかったのか。三百両が盗まれたのだ。荷物を検めさせていただく」

原田三十郎が迫った。

「お断りします」

栄次郎はきっぱりと答えた。

「なに、そなたは奉行所の者の言うことがきけぬと言うのか」

原田三十郎が目を剝《む》いた。

「そうです。あなたのお話の中で、いくつか不審な点があります」

「不審だと？」

原田三十郎の目が微かに泳いだ。

「そうです。まず、あなたが奉行所の者であるという証《あかし》をお示しください」

「そんなものはない。私がそうだと言えば、そうなのだ」

「それは無茶というもの」

栄次郎は毅然として、

「宿役人はどうなさいましたか」

と、確かめた。

「そのうち駆けつけて来るだろう。そんなことはどうでもよい。逆らうと、ためにならぬぞ」

「もっとも、不審な点は、あなたは、私が三百両を持っていることを信じて疑っていないことです」

「何を言うか。和田屋仁平に宿泊した客すべてを調べている。そなたたちだけが、まだなのだ」

「伊勢講のひとたちも調べましたか」

「当然だ」

「金を盗まれた商人というのはどこのどなたなんですか」

栄次郎はなおもきく。

「大坂の商人だ。江戸で商売をやるための資金を盗まれたのだ」

「そもそも、大坂の商人が三百両を盗まれたというのはほんとうなんですか」

「なに、それを疑うのか」

「いえ、三百両盗まれたのは事実でしょう。でも」

栄次郎はじろりと原田三十郎の顔を見据え、

「あなたも、ゆうべは和田屋仁平に泊まっていたんじゃありませんか」

と、反撃した。

「なんだと?」

「伊勢講のひとたちが旅芸人を呼んで宴会をしていましたね」

「無礼者。よいか、町奉行所を愚弄した罪、許しおかんぞ」

原田三十郎は眦《まなじり》を吊り上げ、馬の手綱を解いた。そして、すぐに馬に乗った。

「そなたの名を聞こう」

馬の上から、原田三十郎がきく。

「矢内栄次郎」

「また、会おうぞ」

原田三十郎は街道を戻って行った。

「栄次郎さん。はらはらしました。ずいぶん、大胆なことを言うので」

「あの男は奉行所の者じゃありません。偽者ですよ」

「どうしてそれを？」

「きのうの旅籠で、伊勢講のひとたちが宴会をしていたでしょう。あの中に、今の男がいたんです。偶然、風呂から見かけたんですよ。たぶん、問屋場から馬を借り、追いかけて来たのでしょう」

「そうでしたか。いや、それにしても、いつもの栄次郎さんらしくなく、相手をこらしめてましたね。胸がすかっとしましたよ」

そう言われ、栄次郎は複雑な思いになった。

そうだ。いつもなら、もっと穏やかな言い方になったかもしれない。お露のことで、気が立っていたのか。

「それにしても、いったい何があったんでしょう。あの男はどうしたんでしょうか」

新八が眉をひそめた。

「確か、卯平と言っていましたね。ちょっと心配です」

さっきの卯平という男が原田三十郎から三百両を盗んだのだろう。栄次郎に渡したことを、あの卯平から聞き出したのに違いない。だとすると、卯平の身が心配だ。

「様子を見て来ます」

新八が厳しい顔で言った。

「えっ？　まさか、沼津宿まで戻るつもりじゃ？」

「ええ。沼津宿で実際に何があったのか、調べて来ます。それから、卯平って男のことも心配ですし」

「私も行きましょう」

栄次郎も戻ろうと思った。

「いえ、ひとりでだいじょうぶです。栄次郎さんは先に行ってください。すぐに追いつきますから」

「でも」

「だいじょうぶですよ」

新八は笑う。

「そうですか。新八さんにはご苦労ですが、そうしていただけると助かります」

栄次郎は言ってから、

「きょうは吉原泊まりにしましょう」

「わかりました。どこか旅籠に入っていてください。探しますから」

「手すりに、名入りの手拭いをかけておきますよ」

浄瑠璃の名取りになり、杵屋吉右衛門師匠から吉栄という名を頂いたとき、栄次郎は名入りの手拭いを作ったのだ。その手拭いを目印にすると言った。

「わかりました。では、行って来ます」

新八は身軽な動きで、街道を沼津に戻って行った。

栄次郎はそのまま先に向かった。

途中、海辺に行き、宿で作ってもらった握り飯を食べる。ふと、向こうのほうで、旅芸人の一行が街道に出るのが見えた。

休憩が終わって、出発するところのようだ。きのうの伊勢講の宴席で三味線を弾いていたのは、あの旅芸人だろう。

お露と辰三も、ああやって旅から旅の暮らしをしてきたのだ。なぜ、お露があのような境遇に身を置くようになったのか、今となっては永遠の謎になった。

ゆっくり握り飯を食べた。

西のほうから黒い雲が張り出して来た。さっきまで、あんなに天気がよかったのに、急に辺りは暗くなった。

降られるかもしれないと、栄次郎は立ち上がった。

吉原に近づくと、街道は海岸から離れ、内陸のほうに大きく曲がっていった。常に右手に見ていた富士がこのときだけ、左手に見えた。

栄次郎は吉原宿に入った。宿場通りを歩き、ここでも飯盛女のいない平旅籠を見つけた。『倉田屋』という宿だった。

土間に入ったあと、大粒の雨が落ちて来た。

「お客さん、よかったですね」

女中が外を見て言った。あっという間に路上が田圃《たんぼ》のようになっていた。

足を濯ぎ、女中の案内で梯子段を上がる。通りに面した部屋に案内され、すぐに栄次郎は窓辺に寄った。

雨は今が一番ひどい。新八はずぶ濡れになっていないだろうか。手拭いを吉栄という名が見えるようにかけ、部屋に引っ込んだ。

雨は一刻（二時間）ほどしっかり降ったが、今は青空が覗いていた。

思ったより早く、夕方に新八が戻って来た。

女中の案内で、新八がやって来た。

「ごくろうさまです。濡れちゃったんじゃないですか」

「へえ。すっかり、濡れ鼠で。でも、雨が上がったあと、かっと照りましたからね。乾いてしまいました」

新八は苦笑した。

「先に、お風呂をもらったらどうですか」

「いえ、まず報告してから」

「気持ち悪いでしょう。どうぞ」

「そうですかえ。じゃあ、お言葉に甘えて、そうさせていただきます」

新八は風呂に行った。

新八がさっぱりした顔で戻って来た。

「栄次郎さん。すいませんでした。でも、おかげで、いろいろわかってきましたぜ」

対座するなり、新八は切り出した。

「まず、和田屋仁平の宿ですが、盗人騒ぎはありませんでした」

「やはり、そうですか」

「ただ」

新八が暗い顔をした。

「あの卯平の死体が、あの石地蔵からそれほど離れていない場所で見つかったそうです。持ち物にも卯平ってあったそうですから、間違いないでしょう。どこの人間かはわからないようです」

「殺されていたんですか」

栄次郎は石地蔵の前で呼びかけてきた男の顔を思い出した。

「体のあちこちに青痣《あざ》があり、口から血が流れ、眼球も飛び出していたそうですから、かなりひどい暴行を受けたようです」

「三百両の金のありかを白状させようとしたんでしょう。とうとう我慢できず、ほんとうのことを話してしまったのですね」

だから、原田三十郎は栄次郎のことがわかったのだ。問屋場から馬を借りて、奉行所の人間になりすましたのは、栄次郎が侍だったからだろう。町人だったら、威《おど》せば、すぐに金を出すだろうが、侍だと厄介だと思ったのに違いない。

卯平が栄次郎を選んだのも、侍のほうが安心だと思ったからかもしれない。

「で、伊勢講の一行はどうしましたか」

「とっくに出たようです。でも、そのような一行は見かけませんでした」

新八は首を傾げた。

「やはり、あの一行は偽者ですね」

栄次郎は顔をしかめた。

「何のために伊勢講を装ったんでしょう」

「団体で泊まるには伊勢講と称したほうが怪しまれないでしょう。たぶん、あの宴席のあとで、何かを決めたんじゃないですか。だから、きょうからは、それぞれ別々に街道を行ったのに違いありません」

「奴らは盗賊の一味ですね」

「そうでしょう。次に狙う場所を一味全員に伝えるために、あの旅籠に集結したんじゃないでしょうか。そこで、卯平が裏切り、仲間の金を盗んで逃げた。一味にとっては、予想外の出来事だったのです」

「ひょっとしたら、先回りしているかもしれませんね」

新八も表情を曇らせた。

「ええ、その覚悟をしておいたほうがいいでしょう」

原田三十郎の様子からも、この先、待ち伏せしていると思ったほうがいい。

「ちょっと厄介なことになりましたね」

栄次郎は顔をしかめた。

「まあ、金を渡してしまえばなんともないでしょうが」

「いや。卯平という男との約束は果たさねばなりません」

新八の言葉を、栄次郎は即座に否定した。

「ええ、そのとおりです」

新八は難しい顔で応じた。


その夜のことだった。さっきまで他の旅籠から聞こえてきた賑やかな声も途絶え、静かになった。

栄次郎は微かな物音に目を覚ました。

思ったとおりだった。やはり、盗人が忍んで来た。音もなく障子を開け、部屋に入った。そして、足元で栄次郎の寝息を窺う。

やがて、気配を消して枕元にまわって来た。

床の間にある荷物に手をかけようとしたとき、

「動くと斬る」

と、栄次郎は静かに言った。

盗人は固まったように動かなくなった。

栄次郎は跳ね起きた。

襖が開いて、新八が行灯の灯を持って来た。黒装束の小柄な姿が浮かび上がった。

街道で沼津宿で騒ぎがあったと教えた男はもう少し体が大きかった。あの男とは別人だ。が、仲間かもしれない。

「原田三十郎の手下か」

栄次郎は問い詰める。

盗人は壁際に下がった。新八は行灯の灯を近づける。

「頬被りをとって顔を見せてもらおう」

新八が盗人のかぶりものに手を伸ばしたとき、いきなり、盗人が新八に体当たりをし、凄まじい勢いで障子を蹴破り、廊下に出た。

「待て」

新八が追ったが、賊は廊下の手摺りを飛び越え、屋根に逃げた。

「なんて素早い奴だ」

新八は追いきれなかった。

「街道の男とは別人でしたね」

「体がぶつかったとき、甘い匂いがしました」

新八が小首を傾げた。

「甘い匂い？」

栄次郎はきき返す。

「ひょっとしたら、今のは女かもしれません」

「女ですって」

栄次郎は一瞬、目がくらんだようになった。お露のことが思い出されたのだ。若い身空で、人殺し稼業にまで手を染めたお露。そして、今の盗人も女だという。どんな事情があって、盗人稼業に入ったのか。それは、お露にも言える。どんな理由で、あのような人生を歩まねばならなかったのか。

廊下が騒々しくなった。

「お客さま、いったい何が」

宿の亭主があわてて飛んで来た。

「盗人だ」

新八が説明した。

「盗人ですって」

亭主は声を震わせた。

「大事ない。盗まれる寸前で気づいた。しかし、この障子はこんなになってしまった」

栄次郎は壊れた障子に目をやった。

番頭がやって来た。

「旦那さま。盗人が屋根づたいに逃げて行きました」

「すぐにお役人に知らせなさい」

「はい」

番頭が梯子段を下りて行った。

他の客も廊下に飛び出して来た。

「皆さん、お騒がせしました。もうだいじょうぶです」

亭主は客に言う。

しばらくして、宿役人がやって来たが、栄次郎は盗人が女だったらしいことは言わなかった。

宿役人は簡単な調べで引き上げて行った。

壊れた障子を別のものに替えて、再び、床に就いたが、盗人が女だったことが頭から離れず、寝つけなかった。

お露のことと重ね合わさるのだ。あの女の盗人にどんな事情があったのか。それは、お露の境遇にも通じるものがあるような気がした。

三

朝を迎えた。早立ちのひとの声で往還は賑やかだ。

きのうの騒ぎで、少し遅い出発となった。

「どうぞ、道中、お気をつけて」

宿の亭主に見送られ、栄次郎と新八は出立した。

吉原宿を離れると、再び松並木が続き、左手に駿河湾を、右手に富士を見る。無意識のうちに、街道を行く旅人に注意が行く。

原田三十郎一味が必ずどこかで待ち伏せているに違いない。

「新八さん。前を行く男」

栄次郎は新八に声をかけた。笠をかぶった道中差の旅人がゆっくり歩いて行く。だが、腰の据わった歩き方はただ者ではないことを窺わせた。

「後ろにもいます」

やはり、笠をかぶった道中差の旅人が歩いて来る。

「えっ、後ろにもですかえ」

さりげなく振り返った新八は緊張した声で言う。

「原田三十郎一味ですね」

「そうでしょう」

「どうしますか」

「追い抜きましょう」

栄次郎と新八は早足になって、前を行く道中差の旅人に追いつき、そして、追い抜いて行った。

そのまま歩き続け、だいぶ離したと思ったところで背後の様子を窺うと、旅人はしっかり間近について来る。

速度を緩め、今度はゆっくりと歩く。すると、後方の旅人も速度を緩めた。

「どこかで、襲って来るつもりですね」

新八が渋い顔で言う。

「蒲原に行かないうちに襲って来るでしょう。おそらく、富士川の手前かもしれません」

次の蒲原宿まで、吉原宿から二里三十丁。途中に、富士川がある。そこの河原が襲撃に適しているように思えた。

「新八さん。二手に分かれましょう」

栄次郎は提案した。

「新八さんは先に行ってください。私はあとからゆっくり行きます」

「でも」

「だいじょうぶです。新八さん、念のためです。これをお願いします」

預かった三百両を新八に渡す。

「じゃあ、確かに」

「蒲原宿で落ち合いましょう」

「わかりやした。じゃあ、問屋場に近いところにあるそば屋で待っています」

そう言い、新八はひとりで早足になって先に行った。

栄次郎はわざとゆっくり歩を進めた。新八が無事に富士川を渡った頃に、河原に着くようにした。

先に道祖神が見える。その背後に、ひと影が揺れた。原田三十郎の仲間のようだ。

栄次郎はそのまま行き過ぎる。しばらく行って、背後を窺うと、ついて来る人数が増えていた。

栄次郎は富士川の河原に着いた。昼飯にはまだ早い。

渡船場に向かいかけたとき、商人体《てい》の男がすすっと近寄って来た。

「お侍さん。ちょっとよろしいですかえ」

猿面の男だ。

「何かな」

「へい。向こうで、ぜひお侍さんとお話がしたいという御方がおいでなのです。ちょっと、お顔をお貸しいただけませんかえ」

狡賢《ずるがしこ》そうな目つきで、男は言う。

「どんな話なのかわかりませんが、いいでしょう。案内してください」

あっさり承諾したので、男が驚いたようだった。

「えっ、いいんですかえ」

「じゃあ、こっちで」

男は先に立った。

「私を呼んでいるのは伊勢講の原田三十郎さんですね」

「えっ」

男が驚いたのか足を止めた。

「原田さんなんでしょう」

「ええ、まあ」

男は警戒気味に答える。

前方の草むらにひと影がちらほら見えた。

「ほう、ずいぶんいるんですね」

仲間が十人近い。

男がいきなり駆けだして、仲間のところに行った。

栄次郎が追いつくと、大柄な男が待っていた。浪人の格好だ。陣笠をかぶり、馬に乗って追いかけて来た原田三十郎だった。

「原田さんですね。私もあなたにききたいことがあったんです」

栄次郎は原田三十郎の前に向かった。

「その前に、卯平から預かったものを返してもらおう」

「やはり、お金は卯平さんがあなたたちから奪ったものなのですね。あなたたちは何者なのですか。卯平さんも、あなたたちの仲間だったのですか」

「金を返せば、教えてやろう」

「金は返せません。卯平さんから預かったものですから卯平さんにお返しします」

栄次郎はきっぱりと言った。

「卯平は死んだ」

「あなたが殺したのですか」

「あの金は元は俺のものだ。おとなしく渡してもらおう」

「さらに元をただせば、他人のもの。黙って持って来た金ではないのですか」

「おとなしく渡さないなら、腕ずくでいただくしかない。やれ」

原田三十郎が合図をすると、みないっせいに長脇差《ながどす》を抜いた。侍は原田三十郎の他に浪人者がふたりいた。

まず、三人の男が腰を落とし、長脇差を持った右手をずっと後方に引き、左手を前に出して、栄次郎を囲むようにした。皆、いちように喧嘩馴れしているようだ。

じりじりと三人が間合いを詰めてきた。

栄次郎は刀の柄に手をかけ、左手で鯉口を切った。

右足を前に、左足を引き、ゆっくり腰を落とした。田宮流抜刀術の名手である栄次郎は居合腰で、相手が動くのを待った。

栄次郎は無心になる。風が動き、空気が揺れた。後ろから、斬りかかってきたのを、栄次郎は体を素早くひねって抜刀して相手の剣を払い、身を翻して横からの攻撃をかわし、すぐに剣をすくい上げて相手の剣を弾き飛ばした。

さらに、正面にいた敵に躍りかかり、目を剝いている男の右肩を刀の峰でしたたかに打ちつけた。

呻き声を発し、男は倒れた。三人はもう腰が引けている。

「俺が相手だ」

浪人が剣を抜いて、栄次郎の前に立った。骨太の体をした男だ。

栄次郎は頭上で刀を回して鞘に納め、改めて居合腰で相手と対峙した。川風が強い。強い陽射しを照り返し、川面が光っている。

間合いが詰まり、浪人は青眼《せいがん》から八相に構えを直した。

気合もろとも、浪人が八相から斬りつけて来た。栄次郎は抜刀し、素早く、相手の小手を斬った。

浪人は剣を落とし、数歩たたらを踏んで片膝をついた。

栄次郎は剣を納め、原田三十郎に向かった。

「教えてください。卯平さんが持っていた金はどういう種類のものなのですか」

他の手下が長脇差や匕首を構えて迫る。

「卯平は俺たちの仲間だ。裏切った」

三十郎が答えた。

「あなたたちは盗人なのですか」

栄次郎がきいたとき、子分のひとりが原田三十郎に声をかけた。

「誰かがやって来ますぜ」

三十郎はそのほうに目をやり、

「よし。引き上げだ。いずれ、決着はつける」

十人近い男たちがいっせいに散って行った。

やって来たのは、近くの農村の若者たちのようだった。三人だ。騒ぎに驚いてやって来たのではなく、どうやら川上のほうに行くところらしい。

三人は、栄次郎に軽く会釈をし、通り過ぎて行った。話に夢中になっていて、今の騒ぎにはまったく気づいていない様子だった。

栄次郎は舟で富士川を渡った。

そして、それからしばらくして、蒲原宿に入った。

常夜灯を過ぎ、宿内に入る。両側に旅籠が並び、荒物屋、すし屋、うなぎ屋、炭屋などが旅籠と旅籠の間にあった。

栄次郎は問屋場を探した。宿の真ん中辺りに問屋場があり、馬がいなないていた。

近くには本陣がひとつと脇本陣が三つある。

その先に、そば屋が見つかった。

栄次郎はそば屋に入った。だが、新八はいない。

「矢内栄次郎さまですか」

亭主らしい年配の男が奥から出て来て声をかけた。

「そうです」

「お連れさまは二階でお待ちでいらっしゃいます」

そう言い、梯子段を指さした。

栄次郎は梯子段を上がると、追い込みの座敷の壁際で、新八が酒を呑んでいた。

「すいません。ひとりでやっています」

そう言ったあとで、新八は厳しい顔になり、

「どうでしたか」

と、居住まいを正してきいた。

「富士川の手前で襲って来ました。幸い、そこにひとがやって来たので大事に至らずに済んだのですが、奴らが何者なのかを問い質《ただ》すことは出来ませんでした」

「栄次郎さん。奴らのことはわかりましたよ」

「わかった？　あの連中のことがですか」

「ええ。問屋場に行って、宿役人にききました。原田三十郎と名乗ったのは大黒屋三《だいこくやさん》太夫《だゆう》のことではないかって話です」

「大黒屋三太夫？」

「盗賊一味の頭《かしら》です。二十人近い手下を従え、東海道の三島から浜松辺りまでの主に天領で、金持ちの家に押し入って金を強奪している盗賊だそうです。代官所の手付《てつき》が追っても、いつも逃げられてしまうそうです」

新八は顔をしかめて続ける。

「押し入った先では、ほとんどの家人を殺してしまうそうです。残虐非道な連中だそうで、皆、恐れているってことです」

女中が注文をとりに来たので、栄次郎はそばを、新八はもう一本酒を頼んだ。

「それにしても、原田三十郎はなぜ、あんなに必死になって、金を奪い返そうとしているのでしょうか。盗人の奴らにとっても三百両は大金だとは思うが……」

おそらく、これまでに何千両という金を盗んできたはずだ。三百両は大金には違いないが、一味全員で取り返そうとするほどのものか。

「そうですね」

新八も首を傾げた。

「ともかく、きょうは江尻まで行きましょう」

江尻は府中のひとつ手前の宿場だ。蒲原宿から江尻まで五里ちょっと。

最後に、新八もそばを食べてから、蒲原宿を出立した。

「おや、あそこに行く旅芸人は原宿を出たときに見かけた旅芸人じゃないですかえ」

街道の先に、旅芸人の一行が歩いていた。三味線を抱えた女芸人を見て、またもお露を思い出した。

だんだん差が詰まってきた。

「おまえさん方、どこまで行くんだえ」

追いついたとき、新八が男衆のひとりに声をかけた。

「はい。府中でございます」

年配の男が答える。

「そうか。きょうじゅうに府中に行くのは無理だろうな」

「はい。きょうは興津《おきつ》で泊まるつもりでおります。おまえさま方は？」

「俺たちはその先に行く。江尻だ」

新八が答える。

「じゃあ、気をつけて行きなせえ」

「おまえさま方も」

若い女芸人が栄次郎のほうを見ていた。小作りな顔に整った目鼻だち。艶めかしい雰囲気は旅芸人独特のものか。

栄次郎の母も旅芸人だった。今は、川崎宿の旅籠の女将に収まり、仕合わせに暮らしている。

栄次郎と新八は旅芸人の一行と別れ、先に行った。

由比、興津と過ぎて、江尻宿が見えてきた。

宿場に入り、旅人の手を引っ張る強引な客引きの旅籠を避けて、若い娘が熱心に呼び声をかけている旅籠を選んだ。

「いらっしゃいませ」

亭主らしい男が出迎えた。

栄次郎は月代《さかやき》も伸び、髭も伸び、落魄した武士のように映るかもしれない。

すぐに濯ぎの水が用意された。草鞋を脱ぎ、足をたらいに入れる。

「すまない。部屋は別々に頼む。ただし、食事はいっしょだ」

新八が亭主に言う。

「畏まりました」

ふたりは梯子段を上がったところにある並びの部屋にそれぞれ入った。

江戸を離れて五日。母上や兄上はどうしておられるだろうか。師匠は、お秋さんは、おゆうさんは、と栄次郎は胸が締めつけられた。

風呂を出てから、夕食は栄次郎の部屋でとった。

「この江尻宿は飯盛女がいないそうですね」

新八が少しがっかりしたように言う。

ここまで十八宿を通過して来たが、飯盛女がいない宿場はふたつだけ。箱根宿と原宿であった。いずれも宿泊はせず、通過しただけだった。

「府中には遊廓があるそうです。栄次郎さん、明日、府中で泊まりませんか」

「遊びに行くんですか」

「頼まれごとを果たしたあと、ゆっくりしましょうよ。急ぐ旅ではないのに、妙な頼まれもののために、ここまで急いで来たんですからね。久しぶりに、三味の音でも聞きませんか。こっちでも、三味線の名手に出会えるかもしれませんよ」

「そうですね」

栄次郎は曖昧《あいまい》に答えた。

三味の音を聞けばお露のことが思い出され、身を辛くすることになるかもしれない。だが、それは新八には関係のないことだった。

「三味線といえば、あの旅芸人がこの宿場まで来るんでしたら、ここに呼んでみてもおもしろかったでしょうね」

新八は残念そうに言う。

栄次郎はつい手酌で酒を注いだ。

口にしたとき、新八が不思議そうに言った。

「栄次郎さんは、前はお猪口一杯で酔ってしまわれたのに」

「そうですね」

酒を呑むようになったのも、お露を忘れたいためだ。

徳利が空になった。新八は手をぽんぽんと叩いた。

廊下の足音がこの部屋の前で止まった。障子が開き、

「お呼びでございますか」

と、女中が声をかける。

「酒をおくれ」

新八は頼む。

「今頃、江戸はどうなっているんでしょうね」

新八は目を細めた。

「新八さんは江戸に帰りたいですか」

「ええ、やっぱし、江戸が一番ですよ。でも、もう無理でしょうね。帰ったら、捕まってしまいますからね」

新八はしんみりとして、

「自業自得ってやつですね」

と、自嘲気味に笑った。

「新八さん。この際、堅気《かたぎ》になったら、いかがですか。そうしたら、きっと江戸に帰れるようになりますよ」

「へえ。いつまでも、あんな稼業は続けちゃいられません。でも、あっしに地道な生き方が出来るでしょうかねえ」

新八の顔が曇った。

「出来ますとも。新八さんがその気になりさえすれば」

「だといいんですが」

　そのとき、障子の外で女中の声がした。

「お酒をお持ちいたしました」

　女中が障子を開けて入って来た。

「すまないね」

　新八は徳利を受け取った。

「ここには三味線の弾ける芸者はいないのか」

「おりますよ。お呼びいたしますか」

　新八が、栄次郎の顔色を窺う。

「どうぞ」

　栄次郎は微笑んで言う。

「そういえば、木賃宿の『村田屋』さんに旅芸人の一行がさっき入って行きましたよ」

「旅芸人？」

「さっき外に出たら、ちょうど一行が『村田屋』さんに入って行くところでした。その中に三味線を抱えた女のひとがいました」

「新八さん。あのひとたちですね」

栄次郎はふとあることを思い出した。

「ええ。興津泊まりとか言ってましたが、ここまで来てしまったんですね」

「新八さん。その芸人を呼びませんか」

栄次郎には気になることがあった。

「いいですね。宿に着いたばかりで、来てくれるでしょうか」

新八の目が鋭くなったのは、やはり新八も疑いを抱いていたのかもしれない。

「そうですね」

「ともかく、お声をかけて参りましょうか」

女中が言う。

「ええ、お願い出来ますか。途中、行き合った者だと伝えてください」

「畏まりました」

女中が部屋を出て行った。

「栄次郎さんも、あの芸人に疑いを？」

「ええ。どうも、私たちのあとをついて来ているようです。それに、あのときの盗人も女のようだったことを考えると」

「あっしもそう思います。ただの芸人じゃありませんぜ」

しばらくして、女中がやって来た。

「女の芸人さんがおひとりでよろしければということですが」

「もちろんです。そうお伝えください」

「では、そのようにお伝えします」

栄次郎は新八と顔を見合わせた。

それから、四半刻（三十分）も経たずに、小柄な女がやって来た。さっき会った女芸人だ。二十二、三歳か。凛とした顔だちだ。

「お声をかけていただきありがとうございます」

そう言い、女は三味線を手に敷居をまたいだ。

「着いた早々に来ていただいて、かえって申し訳ありません」

栄次郎は笑みをたたえて、

「でも、おまえさん方は興津泊まりのはずだったが、どうしてここまで？」

ときいたが、つい探るような目つきになった。

「はい。興津に思ったより早く着いたので、どうせなら江尻まで行ってみようと思ったのです」

「そうですか」

「おまえさんの名は？」

新八がきく。

「はい。お染《そめ》と申します」

「お染さんか。いい名だ。じゃあ、さっそく何かやってもらおうか」

「何がよろしいでしょうか。江戸のものでも」

撥を構えて、お染が言う。

「いや。江戸を離れたんだ。江戸は思い出したくない」

「そうでございますか。お侍さんたちはこれからどちらまで」

「伊勢だ」

「お伊勢さんですか。では、手はじめに『お伊勢参り』でも」

と、お染が糸を本調子に合わせ、爪弾《つまび》いた。


お伊勢参りの石部の茶屋であっとさ　可愛い長右衛門《ちようえもん》さんで　岩田帯しめたとさ

……

お伊勢参りの途中、石部の宿で偶然に泊まり合わせたお半《はん》と長右衛門は、親子ほどの年齢差でありながら恋仲になり、やがて桂川で心中するという義太夫の『桂川（お半長右衛門）』を唄ったものだ。

お染の声は若いのに艶があった。

栄次郎はふと声の調子に、お露に似たものを感じた。

「いい声だ」

新八が感心して言う。

「お染さん。季節は違いますが、『秋の夜は』をお願い出来ますか」

栄次郎はつい頼んだ。

「畏まりました」

お染は高いきれいな声で唄いだした。

秋の夜は長いものとはまん丸な
月見ぬひとの心かも
更けて待てども来ぬひとの
訪ずるものは鐘ばかり
数うる指も寝つ起きつ

わしや照らされているわいな

栄次郎はいつしか目を閉じて聞き入っていた。

はじめて、お露のこの唄声を耳にし、夜の町を声の主を求めて捜しまわったことを思い出し、胸の底から込み上げてくるものがあった。

唄が終わり、栄次郎は目尻を拭った。

「この唄に何か思い出でも」

お染がきいた。

「いえ」

栄次郎は不覚にも涙ぐんだことを恥じるように、

「あなたの声がいたく身に沁みました」

と、お染を見た。

そのとき、はっとした。その姿がお露に見えたのだ。

覚えず、叫びそうになったが、あわてて堪えた。

「ひょっとして、この旅は好きな御方に会いに行くのが目的なのでは?」

お染が口許に微笑みを浮かべ、

「では、この唄を」
と、糸を二上がりにして唄いだした。

浮世はなれて　奥山住まい
恋も悋気も　忘れていたが
鹿の鳴く声　聞けば昔が
恋しゅうてならぬ
あの山越えて　逢いに来る

峰の白雪　麓の水
今じゃ互いに　隔《へだ》てていれど
末はうれしく　溶けて流れて
添う身じゃないか
やがて花さく　春を待つ

お染が引き上げた。新八も隣りの部屋に帰った。

栄次郎はひとりになると、お露のことが思い出された。さっきの唄に胸が熱くなった。

末はうれしく溶けて流れて添う身ではないか。その文句が胸を鋭く抉《えぐ》る。お露とはもう決して添うことは出来ないのだ。

なぜ、こんなにも苦しいのか。こんなことなら、いっそ何もかも捨てて、お露とともに旅立ったほうがよかったのかもしれない。

やがて花さく春を待つ、という唄の文句が切ない。お露との未来に春はないのだ。

栄次郎は胸をかきむしられるような夜を明かした。

四

翌朝、早く出立した。

木賃宿の『村田屋』の前は静かだった。お染たちの一行はもう出立したのか。それとも、こっちのほうが早いのか。

ゆうべ、あまり眠れなかったのは、お染の唄声が影響していたのだ。

街道を行く旅人がちらほら見える。

「ゆうべ、お染の正体を確かめそびれましたね」

新八が残念そうに言う。

「ええ。あのひとの唄声が胸に響いて、そんなことを忘れてしまいました」

栄次郎は苦笑した。

駕籠かきが客を待ってたむろしている立場《たてば》を素通りする。

「栄次郎さん。妙ですね。あの連中、どうしたんでしょうか」

原田三十郎一味のことだ。

「我らの行き先の見当をつけて先回りをしているのかもしれません」

「そうですね」

新八も表情を引き締めた。

道中記にはこの辺りの見どころも記されている。

途中の追分で、久能清水道が分かれている。妙な頼まれごとをしていなければ、久能山や清水湊に寄り道をしたいところだが、そうもいかなかった。

草薙《くさなぎ》の立場から草薙明神に到る道がある。日本武尊《やまとたけるのみこと》が火を草薙の剣でなぎ払って危難を逃れた地である。

もちろん、そこに足を伸ばすことも出来なかった。

府中まで江尻から二里二十九町。およそ一刻（二時間）で府中に着いた。まだ、太陽が中天に達するまでは時間があった。

府中は徳川家康が大御所として実質上天下を治めたところだが、現在は幕府の直轄地であり、城代が置かれている。

さすが、江戸にも負けない賑やかさだ。

お城を見ながら、伝馬町から馬場町、宮ガ崎町を経て北へ行くと、浅間神社にやって来た。

背後に賤機山《しずはたやま》の鬱蒼とした老樹が茂り、朱塗りの本殿・拝殿・回廊などが荘厳として構えている。

日光の東照宮と並んで、その荘厳な美を誇る神社である。

「この近くだと言いましたね」

新八が辺りを見回した。

「ええ、きいてみましょう」

栄次郎は目についた下駄屋に入った。

「この近くに大工の藤兵衛さんが住んでいると聞いたのですが」

腰の曲がった主人は、

「藤兵衛さんなら、そこの長屋に住んでいた」

と、目をしょぼつかせて言った。

「住んでいた？　今はもういないんですか」

「そうです。どこかへ引っ越していきなすった。不幸なことで」

「藤兵衛さんに何かあったんですか」

「そうですなあ」

「何があったのか教えていただけませんか」

「そうですなあ」

また主人は同じことを言った。だが、今度はゆっくり口を開いた。

「もう五年ほどになりますか。ここから少し離れた村の大庄屋の屋敷に押し込みが入ったんです。庄屋夫婦と奉公人の十人近くが殺されました。押し入ったのは、大黒屋三太夫という盗人です」

「大黒屋三太夫？」

「はい。東海道を荒しまわっている盗賊でございますよ」

「ちょっと待ってくれ。その話と藤兵衛さんが何か関係があるのかえ」

新八が口をはさんだ。

「庄屋さんのお屋敷を普請したのが藤兵衛さんだったんです。藤兵衛さんは、棟梁としてあちこちから大工や左官、屋根職人などを集め、普請にかかったんです。屋敷が完成し、その普請代をいただこうという前に、押し込みが入り、庄屋さん一家は全滅。つまり、藤兵衛さんは普請代をもらいそびれちまったんです。あれだけの大きな屋敷ですからね。手間賃も相当なものです。でも、棟梁として、藤兵衛さんは集めた職人たちに責任があります。藤兵衛さんは借金をして、手間賃を払ってってたんですよ」

「なに、施主から金が入らないのに、手間賃を払った？」

新八は驚いてきき返した。

「そうです。藤兵衛さんは家を売るだけでは足りずに、ひとり娘を二丁町の遊廓に売り、金をひねり出したのでございます」

「娘を遊廓に売った？　そんなばかな」

新八が呆れ返った。

「そこまでしなければならなかったのか」

栄次郎は痛ましげに言う。

「で、藤兵衛さんはどこにいるのかわかりませんか」

「さあ、わかりません」

栄次郎はがっかりしたが、気を取り直して藤兵衛が住んでいた長屋に行ってみた。

そして、近所の住人に訊ねた。そして、ようやく、

「七間町の裏長屋に住んでいると聞いていますよ」

と、藤兵衛とは親しかったという年寄りが教えてくれた。

「娘を売った金で浮世の義理は果たしたものの、藤兵衛さんはすっかり気力を失ってしまいましてね。それからは床に臥しがちで……」

藤兵衛については痛ましい話を聞くだけだった。

「もう、二、三年は会っていませんよ」

「そうですか。わかりました。そこに行ってみます」

栄次郎は来た道を戻った。七間町は途中で通り過ぎた紺屋町の西にあるという。

賑やかな呉服町、両替町を過ぎて、七間町に入って来た。

豆腐屋の店先にいた主人に訊ね、ようやく藤兵衛の住まいがわかった。藤兵衛の女房がよく買い物に来るという。

藤兵衛は夫婦で暮らしているようだ。

庇も傾《かし》いで、日当たりの悪い長屋の路地を入り、左右の戸障子を見ながら奥に向かう。奥から二番目の戸障子に、藤兵衛という小さな千社札が斜めに貼ってあった。

「ここのようですね」

新八が言い、栄次郎に目顔で合図してから、戸障子を叩いた。

「ごめんなすって」

すると、中から声が聞こえた。

「失礼します」

新八が戸を開けた。

栄次郎は家の中を覗き込んだ。

狭い三和土《たたき》に、六畳一間。ふとんに横たわっている男がいて、傍に白髪混じりの年配の女がいた。

「藤兵衛さんのお宅でございますね」

新八が確かめる。

「はい。どちらさまでしょうか」

「おかみさんですね。あっしらは旅の者です。じつは、沼津宿を出たところで、あるひとから藤兵衛さんに届け物を頼まれました」

「届け物？」

女房は不審そうな顔をした。

藤兵衛も体を起こし、小首を傾げた。

「これです」

栄次郎は懐から巾着を取り出し、女房に渡した。

「これは」

ずしりとした重みを手に受け、女房が驚いて、藤兵衛にそれを渡した。

藤兵衛は受け取り、中を見た。

「こんなお金、どうしたんですかえ」

藤兵衛が目をぱちくりさせてきく。

「藤兵衛さんに届けるように頼まれたんです。じゃあ、確かに、お渡ししました」

栄次郎は引き上げようとした。

「お待ちください。こんな謂《い》われのないお金を頂戴するわけにはいきません」

藤兵衛が突き返した。

「私たちは、ただ頼まれただけです。どんな理由があるのかは知りません」

「どんな御方でしたか」

「四十半ばぐらいの小柄な男のひとでした。卯平さんと仰るようです」

「心当たりはありません。ましてや、こんな大金を頂くわけにいきません」

娘を遊廓に売り払ってまで、職人たちに手間賃を払ったほどの律儀な男だ。出所不明の金を受け取ろうとしないのは当たり前かもしれなかった。

「中に、手紙のようなものがありませんか」

栄次郎は思いついていきいた。

藤兵衛は巾着の中を覗いた。そして、文を取り出した。

「これは……」

読み終わったあと、藤兵衛は目を剝いた。

「おまえさん」

女房が声をかけた。

藤兵衛は黙って文を手渡した。女房も、文を読み絶句した。

栄次郎は新八と目を見交わしてから、

「何が書かれていたのですか」

と、訊ねた。

女房が文を差し出した。

栄次郎は受け取った。そこに走り書きの文字で、この金で娘を身請けするようにと記されていた。

栄次郎は文を新八にも見せる。

「藤兵衛さん。この金を私たちに託した男は、おそらく大黒屋三太夫の一味の者に違いありません」

「大黒屋三太夫？」

「ええ。あの一味が大庄屋の屋敷を襲ったために、藤兵衛さん一家が不幸に見舞われた。その罪滅ぼしのつもりで、この金を」

「でも、一味の者がどうして、私たちのことを知ったのでしょう」

「それはたぶん、娘さんですよ」

新八が横合いから口をはさんだ。

「その卯平というひとが二丁町の遊里に遊びに行ったとき、娘さんが敵娼《あいかた》になったんじゃないですかねえ。そこで、どういうきっかけからか、身の上話になった。聞いた男は驚いた。まさか、関係ないと思った者まで不幸にしてしまった。そう思い、この金で娘さんを身請けしてもらおうとしたんじゃないですかえ」

「私もそう思います」

栄次郎も新八の考えに同感だった。

「そのひとの志を素直にお受けし、どうか娘さんを身請けしてやってください」

石地蔵の前で栄次郎たちに声をかけた男を思い出す。あの男は命をかけて娘を助けようとしたのだ。

お金を渡してから、

「私たちはこれで失礼します」

と、栄次郎は新八に目顔で合図をし、外に出ようとした。そのとき、藤兵衛が叫んだ。

「こんな金は受け取れねえ」

栄次郎は耳を疑った。

「これは盗人が他人さまから盗んだ金だ。そんな金で請け出すなんて、娘だって喜びはしねえ」

藤兵衛は厳しい顔で言う。

「藤兵衛さん。それは違いますよ」

栄次郎は藤兵衛を見つめた。

「盗人はあちこちから盗んでいるんです。その金がどこから盗んだものなのかなんてわかりません。藤兵衛さんが普請した屋敷の大庄屋から盗んだものかもしれない。藤兵衛さんは大庄屋から金をもらえなかった。しいて言えば、藤兵衛さんのお金が盗まれたも同じですよ。このお金は、そんな仲間のひとりが改心して返してよこしたんです。それを使っても、罰《ばち》が当たらないと思いますよ」

「それは屁理屈ってもんだ」

藤兵衛は頑固そうに言う。

「あなたは娘さんを遊里に売ってまで、職人さんたちに手間賃を支払ったそうですね。なぜ、あなたはそこまでしなければならなかったのですか」

栄次郎はそこまでする藤兵衛の気持ちが理解出来なかった。

「当たり前のことだ。棟梁として」

「そのために、なぜ、娘さんをそんな目にあわせたかときいているのです。娘さんには関係ないことではないですか」

つい、咎めるような口調になった。

「子どもが親のためにしたことだ」

「それこそ屁理屈ですよ」

「なに」

藤兵衛が顔を紅潮させた。女房がはらはらしている。

「あなたは、律儀で正直者として評判だったのでしょう。あなたは、その評判を落としたくなかった。だから、娘さんを犠牲にしたんじゃないんですか」

栄次郎は藤兵衛を責めた。

「他人の気持ちなどわからず、勝手なことを言うな。いいか、一度、信用を失ったら、いざというとき、いい職人は集まらないんだ」

「職人さんたちだって、普請先での騒ぎを知っていたんじゃないですか。棟梁の責任ではありませんよ」

「ともかく、持って帰ってくれ」

藤兵衛は巾着を突き返した。

「すみません」

女房が謝った。

「娘さんのことはいいのですか、このままで」

「かまわないでくれ」

「そうですか。わかりました。最後に、このことだけは伝えておきましょう。この金を私たちに託した男は仲間に殺されました」

「殺された？」

藤兵衛は唖然とした。

「そうです。命をかけて、娘さんを助けようとしたんですよ。そのひとも、さぞ草葉の陰で嘆いていることでしょう。失礼しました」

栄次郎はそう言い、外に出た。

「なんと依怙地《いこじ》な男なんだ。自分の娘を助けようというのに」

新八が憤慨した。

「あのひとの気持ちもわからなくはありません。でも、間違っています」

栄次郎も藤兵衛を批判した。

「どうします？」

「ともかく、娘さんに会ってみませんか」

「えっ？」

「二丁町の遊廓に行ってみましょう」

「でも、どの店のなんて源氏名かもわからないんですよ」

「ですが、この金をこのままにしておくわけにもいきませんから」

「安心しました」

急に、新八が笑った。

「何がですか」

「栄次郎さんのお節介病ですよ。なんだか、いつもの栄次郎さんに戻ったようです。安心しました」

新八も、栄次郎の苦しみに気づいていたのだ。

確かに、このときばかりはお露のことは忘れていた。しかし、自分の中で、気持ちの整理がついたとは思えない。

「ともかく、二丁町の遊廓に行ってみましょう」

大井川方面に向かい、弥勒町にやって来た。この先は大井川の渡し場に出る。その手前を左に少し入ると、大門《おおもん》が見えた。

大門をくぐる。両側に廓《くるわ》が並び、昼間から賑やかだ。

「へえ、まるで江戸の吉原みたいですね」

新八が感心して言う。

栄次郎は戸惑った。もっと、こぢんまりした遊廓で、一軒一軒、訊ねていけば、藤兵衛の娘に行き当たると思っていたのだが、当てがはずれた。

「飯でも食いませんか」

新八が言う。

「そういえば、まだでしたね」

昼飯に、そば屋に入った。

「新八さん。気づいていましたか。つけている者がいました」

「えっ、ほんとですか。まったく、気づきませんでした」

新八は自分の迂闊さを責めるように顔をしかめた。

「おそらく、あの連中でしょう」

「なんとしつこい奴らですね。そんなに金が欲しいんでしょうか」

「そこがわかりません。三百両は大金でも、千両箱を盗む連中です」

そばを食べ終え、もう一度、廓内を歩いた。

それから、栄次郎と新八は旅籠町に戻り、宿に入った。

「そういえば、由比正雪《ゆいしょうせつ》はこの地で町奉行所の手に囲まれて、自決したそうですね」

江戸時代初期の軍学者由比正雪は幕府転覆を画策したとされ、この地で最期を迎えたのだ。

幕府の政道を正そうとしたのだろうが、その夢敗れ、由比正雪はどんな思いで自決したのか。

「新八さん。月代も伸び放題で、廓に行っても怪しまれそうです。髪結いに行って来ますよ」

栄次郎は断って、部屋を出た。

宿の亭主に場所を聞いて、栄次郎は髪結い床に行った。

髪結い床は客の男たちが世間の噂を持ち寄って来る。順番が来て、栄次郎は髭を当たってもらいながら、髪結いに、二丁町の遊廓のことを訊ねた。

「お勧めの妓は誰ですか」

「そうですねえ。いい妓が多いですからね。そりゃ、高い揚げ代を払えば、美形の妓がつきますすよ」

「亭主、俺はなんてったって、『高楼屋』の花川《はなかわ》って女だ。こいつはいいぜ」

隣りで髭を当たってもらっていた職人体の客が口をはさんだ。

それから、待っている客を巻き込んでの遊廓談義がはじまった。

よほど、大工の藤兵衛の娘のことをきいてみたいと思ったが、やはり口には出来なかった。

他人には知られたくないことだろう。

「どうもお疲れさまでございました」

肩の手拭いをとってから、髪結いが言った。

「おかげでさっぱりしました」

二十八文を払い、栄次郎は髪結いを出た。
明日もう一度、藤兵衛を訪ねてみようと思った。

第三章　岡崎の長者屋敷

一

翌日は朝から雨が降っていた。

朝飯をとったあと、栄次郎は宿で傘を借り、再び藤兵衛の住まいに行った。

一晩経てば、藤兵衛の気持ちが変わるかもしれない。そんな期待を持ったのだ。栄次郎のあとをつけて行く者がないか確かめるために、新八は少し遅れて歩いた。

長屋の路地を入って行く。

「あっ、あなたは」

藤兵衛が目を見開いた。

「一晩経てば、あなたの気持ちも変わるかもしれないと思って来たのです」

栄次郎は穏やかに言った。

「へい」

きのうと違って、藤兵衛は殊勝だった。

「佐吉《さきち》を呼んで来い」

藤兵衛が女房に言う。

「失礼します」

と栄次郎の横をすり抜け、女房が外に出て行った。

「佐吉さんというのは？」

栄次郎は藤兵衛にきいた。

「あっしの弟子だった男で、おさちといっしょにさせるつもりでした」

おさちというのが娘の名なのだろう。

「こんなことになっちまったあとも、佐吉はあっしたちの面倒をみてくれているんです」

「佐吉さんは大工なのですね」

「へえ。今、他の親方のところで出職《でしょく》で働いています。きょうは雨で、普請場に行けませんから家にいるはずです」

やがて、若い男が駆け込んで来た。

栄次郎は体をずらす。佐吉と女房はその脇を通って部屋に上がった。

「今、話した佐吉です」

藤兵衛が言う。

「佐吉です」
二十七、八歳だろう。面長の生真面目そうな顔の男だ。
「きのう、普請場から帰って、この家を覗いたんです。そこで、お侍さんたちが来たことを聞きました。私にとっては降って湧いたようなお話でした」

佐吉は畏まって続けた。

「あっしはおさちさんを身請けするために仕事をしてきました。呑まず食わずの暮らしでも金を貯めてきたのです。でも、思うようにたまりません。年季明けを待つしかないのが正直なところでした。そのお金さえあれば、おさちさんを自由の身にしてやれる。そう思うと、喉から手が出るほどに欲しいお金です」

佐吉は正直な気持ちを吐露した。

「じゃあ、受け取っていただけるのですね」

栄次郎はほっとして言った。

「いえ」

佐吉は首を横に振った。

「いただくわけには参りません」

「えっ？」

栄次郎はまたも耳を疑った。

「藤兵衛親方が申したと思いますが、やはり盗人からのお金を使うべきじゃありません。そんな金で、仕合わせになったって長続きしません」

「呆れました。佐吉さんまで、藤兵衛さんと同じ考えだとは……」

栄次郎はため息をついてから、

「わかりました。藤兵衛さんと佐吉さんの頑固さには敵《かな》いません。では、ひとつだけ、教えていただけませんか」

佐吉は警戒気味の顔をした。

「おさちさんのいるお店と源氏名です」

佐吉は藤兵衛と顔を見合わせてから、

「どうするんです？」

と、きいた。

「おさちさんの気持ちを確かめてみたいのです」

「おさちさんの気持ちですかえ」

「ええ。おさちさんもあなた方と同じ思いだったら、諦めます」

「わかりました。おさちさんは『若松屋』という見世《みせ》で幸菊《こうぎく》という名で出ています」

「『若松屋』の幸菊ですね」

しょんぼりしている三人に別れを告げ、栄次郎は土間を出た。

三人はそれぞれ、心の中で激しい葛藤があるのではないか。そんな気がしたが、頑固さの点では一致していた。

栄次郎は、再び雨の中を歩きだした。後ろから新八がついて来る。尾行者に注意を払っているのだ。

再び、旅籠に戻った。

部屋に入ると、新八が言った。

「尾行している者はいませんでした」

「そうですか」

「で、どうだったんです？」

「藤兵衛さんの気持ちは変わりませんでした。佐吉という弟子で、おさちさんの許嫁《いいなずけ》も、同じです」

「まったく、呆れ返る連中ですね」

新八が業を煮やして言った。

「仕方ありません。でも、よく、見世の名を教えてくれたものです」

それが、せめてもの救いだと、栄次郎は思った。

「で、どうしますか」

「私たちで、おさちさんを身請けするしかありません」

「そうですねえ」

「とりあえず、おさちさんに会ってみましょう。『若松屋』の幸菊だそうです」

「栄次郎さん。あっしは他の妓について、幸菊の評判を聞いてみますよ」

「そうですか。わかりました。じゃあ、行きましょうか。今から行けば、昼見世にちょうどいいでしょう」

栄次郎は立ち上がった。

相変わらず、雨はしとしとと降っていた。

それから半刻（一時間）後に、栄次郎は新八といっしょに『若松屋』の二階座敷に上がっていた。

遊女は幸菊と紅雪《べにゆき》という名のふたりで、栄次郎と新八はふたりの遊女と酒を呑んだ。

幸菊は物静かな女だった。新八の敵娼の紅雪がひとりで座を賑わしていた。

「おい。向こうの部屋に行こう」

新八が紅雪を誘って、そこから連れ出した。栄次郎は幸菊とふたりきりになった。

そのまま、新八は内証に行くことになっている。

「じつは、私は沼津宿を出たところで、ある男から、あなたを身請けするように頼まれたのです」

栄次郎は声をひそめて切り出した。

「身請け？　どなたですか」

幸菊の切れ長の目に不審の色が浮かんだ。

「卯平という名です。あなたの客になったことがあると思います。この半年から一年で、それらしき客に思い当たることはありませんか」

「いえ、そんなひとには……」

小首を傾げた幸菊がはっとしたように目を見開いた。

「何か思い出しましたか」

「はい。半年ほど前、年配のお客さまがおつきになりました。いろいろ話をしているとき、大工の父を襲った不幸な事件をお話ししたところ、急に顔つきを変え、しつこく事情を訊ねてきました。私も問われるままにお話ししました。話を聞き終えると、ずいぶん深刻そうに考え込んでいらっしゃいました」

「眉が太く、顎の尖った四十半ばぐらいのひとではありませんか」

「はい。そうです。じゃあ、そのひとが身請けを？」

「そうです。あなたを身請けして欲しいと、私はその方から頼まれたのです」

栄次郎はあえて、藤兵衛や佐吉に会ったことは言わなかった。

「そのお金も預かってきました」

「でも、半年前に一度会ったきりの御方から身請けしていただく謂われがありません」

「そのひとにはあるのでしょう」

「そのお方はどのようなひとなのですか」

「はっきりしたことはわかりませんが、庄屋さんの屋敷に押し入った大黒屋三太夫一味の者だと思われます。そのことから派生した藤兵衛さんの不幸やあなたのことで罪の意識に責め苛《さいな》まれ、せめてあなたを苦界《くがい》から救い出したいとしたのだと思います」

あくまでも想像でしかないが、間違ってはいないと思っている。

「その御方はどうなさっておいでですか」

「殺されました」

「殺された？」

「仲間に、です。裏切り者と思われたのでしょう。あなたを身請けして、晴れて藤兵衛さんや佐吉さんのところに返してやるのが私たちの務めなのです」

「お父っつあんや佐吉さんをご存じなのですか」

「はい。会って来ました」

栄次郎は正直に話した。

「ふたりは何と？」

栄次郎は返答に詰まった。

「ふたりは、そのお金を受け取ろうとしなかったのではありませんか」

幸菊がきいた。

「どうして、そう思うのですか」

「お父っつあんも佐吉さんも、心の汚れは心を曇らせ、大工の腕をだめにすると考えているのです。盗人からもらったお金で仕合わせを買っても、いずれそのつけを払わされる。お父っつあんは名人と評判の大工ですし、佐吉さんも名人と言われる職人を目指しているんです。そのためには、心を汚してはならないんです」

「このお金を使うことは心を汚し、ひいては大工の腕をだめにするということですか」

栄次郎は呆れてきいた。

「そうです」

「あなたは、どうお考えなのですか」

「私はお父っつあんや佐吉さんに従いたいと思います」

「では、私が使えば問題はないんでしょう」

「………」

「私にお金を託したひとは命をかけて苦界からあなたを助けようとしたのです。そのひとの気持ちを無にすることこそ、心を汚すことではないのですか」

「でも」

「いいですか。私はあなたを身請けします。この金で身請けされたあなたを、藤兵衛さんや佐吉さんは汚《けが》らわしいと言うのでしょうか」

栄次郎は立ち上がった。

「どこへ?」

幸菊が不安そうに見た。

「楼主に会って来ます」

「えっ」

幸菊が止めるのを振り切って、栄次郎は部屋を出た。

栄次郎は階下の内証に行った。

縁起棚の前の長火鉢の傍に、楼主の女房が長煙管をくわえて座っていた。その前に、新八が座っている。

栄次郎が入って行くと、長煙管を口から離して不審そうな目を向けた。

「女将さん。この御方がお話しした栄次郎さんです。今、女将さんに幸菊さんのことを話していたところです」

新八が女将から栄次郎に顔を向けて言った。

「女将さん。この金で、幸菊を身請けしたい」

栄次郎は金をぽんと置いて言った。

「なにぶん、やぶからぼうの話でしてね」

女将は困惑した顔つきになった。

「幸菊が身を売ったわけを知っていると思う。どうか、これで身請けの話を進めてもらいたい」

栄次郎は頼んだ。

「幸菊の事情は聞いていますよ。でも、ここに来る女はそれぞれ、言うに言われぬ事情を抱えているんでございますよ。いちいち、そんな事情を聞いちゃいられませんよ」

女将が冷たく言う。

「そうだろうが、またそれぞれがいろいろな縁を持っているのも間違いない。こうして、私がやって来たのも、幸菊との縁」

女将は眉根を寄せて、長煙管を吸った。

「このとおりです」

栄次郎は頭を下げた。

「お侍さんも変な御方ですね。幸菊とはなんの関わりもないんでしょう」

女将が呆れ返った顔をした。

「ええ。私はあるひとから頼まれたのです。そのひとは、そのあとで亡くなりました。そのひとの遺志を継いでやりたいのです」

「頼みを聞いてやろうじゃないか」

いきなり後ろで声がした。

「おまえさん」

羽織を着た男が入って来た。楼主だ。穏やかな顔をしている。四十前後と思える。

「事情は聞かせてもらいやした。で、身請け金はいくらで?」

「ここに三百両ある」

「三百両ですかえ」

楼主は難しい顔をした。

「前借金に、幸菊がこれからどのくらい稼ぐかで計算しますと、少なくとも五百両は下りませんよ」

「なに、五百両」

栄次郎は声が喉に詰まった。

三百両あれば、おつりがくるぐらいに考えていたのだ。

覚えず、新八と顔を見合わせた。とたんに、楼主が因業な男に見えた。

そこに、幸菊が駆け込むように現れ、栄次郎の前で跪《ひざまず》いた。

「お侍さま。お気持ちだけで十分でございます。どうぞ、私のことはお忘れください」

　幸菊は涙声で訴える。

「いえ、あなたには佐吉さんというひとがいるんです。あなたが犠牲になるのはおかしい。はっきり言って、藤兵衛さんも佐吉さんも間違っています。あなたを犠牲にして、何が棟梁の責任ですか」

　栄次郎は無性に怒りが込み上げてきた。

　なぜ、こんなに夢中になるのか。栄次郎はそのわけがわかっている。佐吉と幸菊を、自分とお露に置き換えているのだ。

　幸菊を佐吉のところに返してやることが、お露を仕合わせにしてやれることだと思い込んでいた。

「あと二百両。なんとかします」

　栄次郎は思い切って言った。

　栄次郎は岩井文兵衛に頼もうかと思った。なんとかしてくれるかもしれない。それしか、お金を作る手立てはなかった。

　もちろん、そのことに忸怩《じくじ》たるものはあった。結局、俺は常に大御所の子だという意識を持っているのではないのか。いざとなれば、そのことを持ち出して、ことを解決させようとしている。そんな自分に嫌悪さえ覚えた。

だが、今は幸菊を救い出してやりたい。それだけだ。

「お侍さま。おやめください。見ず知らずのあなたさまにそんなことをしていただける理由はございません。お気持ちだけで」

もう、私のことはかまってくれるなと、幸菊は哀願する。

「そうはいきません。私は、さっき話した卯平さんから頼まれたのです。卯平さんは、私を頼むに足りると思ったからこそ、私に声をかけたのでしょう。そのひとは死にました。私が頼みを果たさなければ、卯平さんは無駄死にしたことになります」

幸菊に諭すように言ってから、栄次郎は楼主に向かい、

「このとおりです。不足分は必ずあとで持参します。どうか、私を信用し、この金で幸菊さんを自由の身にしてやってください」

と、畳に手をついて頼んだ。

「お侍さまは妙な方ですねえ」

楼主が皮肉そうな笑みを浮かべた。

「あなたには一銭の得になるどころか、二百両という大金を工面しなきゃならないんですよ。それより、このまま幸菊のことに目を瞑れば、三百両はまるまる自分の懐に

入れることが出来るじゃありませんか」

「そんなことは考えたこともありません」

栄次郎は首を横に振った。

「そうですか。さっきあと二百両と言いましたが、それは身請け代金で、いざ身請けとなったら、朋輩《ほうばい》の遊女らに総仕舞いをつけ、別れの宴席を開かなくてなりません。そのお金だってばかになりません」

総仕舞いとは、揚げ代金を支払い、この楼の娼妓全員を買い切ることである。すべてが、江戸吉原の仕来《しきた》りと同じだった。

「それから」

と、楼主はさらに続けた。

「身請けとなれば、幸菊の親元の承諾を得なくてはなりません」

「親の承諾？」

「はい。そういう手続きを踏んではじめて身請けとなります」

まさか、藤兵衛が否とは言うまいと思うが……。いや、たとえ、否と言っても、幸菊の気持ち次第だ。

「わかりました。よろしく頼みます」

栄次郎は楼主に言った。

「お侍さま。いけません」

幸菊は泣いて訴える。

「私は、年明きまでの辛抱でございます。どうか、そのようなご心配はなさらないでください」

「いえ、あなたは早く、好きなひとのところに行くのです」

年季が明けるまで、あと七年近い。その間に何があるかわからない。それに、その間に病気をしたりして借金をすれば、年明きが延びるのだ。

「お侍さま。よくわかりました。このお金で手を打ちましょう」

いきなり、楼主が言った。

「このお金で？」

「ええ。聞けば、この三百両はお侍さまが預かったお金でございますね。それで、身請け代といたします」

「すると、あとの二百両と総仕舞いの費用は……？」

「結構でございます」

「ご亭主、それはまことでございますか」

栄次郎は信じられないというように相手の顔を見た。

「はい。親元身請けという特別な形をとれば、安上がりに済みます。それでも、幸菊の稼ぎからすれば三百両では、こちらとしては割が合いません。でも、亡八《ぼうはち》と呼ばれる私のような者にも心意気というものがあります」

廓の亭主は孝悌忠信礼儀廉恥の八つを忘れるということから亡八といわれる。

「私は、お侍さまの心意気に感じ入りました。幸菊を手放すのはうちにとっては大きな痛手でございますが、お望みどおりにいたします」

楼主ははっきり言った。

「ご亭主。かたじけない」

「幸菊。よかったじゃないか」

女房がにこやかに声をかけた。

「これは真《まこと》のことでしょうか。夢でも見ているのではありますまいか。なんとお礼を申してよいのやら……」

幸菊のあとの言葉は涙声になって聞き取れなかった。

二

翌朝、栄次郎と新八は宿を出発した。

きのうの雨も明け方にはやみ、朝陽が輝いていた。だが、きのうからの雨で安倍川《あべかわ》は増水し、川留めになるかもしれないと、宿の亭主が心配していた。

二丁町遊里の近くを過ぎ、安倍川に出た。渡し場に向かう。右手に刑場があったが、今は処刑される者もなく、ただの原っぱだった。

「三百両を託した卯平さんに、せめて報告してやりたいものですね」

刑場を見て、栄次郎が卯平のことを思い出したのは、卯平が盗賊の一味だったからだ。いつかはあのような非業な最期を遂げる運命だったのに違いない。

だが、卯平は最後にひとの心を取り戻したのだ。

「あの旅芸人が大黒屋三太夫の一味だったら、なんとかして一味から助け出してやりたい。でないと……」

栄次郎はあとの言葉を呑んだ。処刑されるか、斬られるか。いずれにしろ、畳の上では死ねない身だ。

その旅芸人はとうに先に行っている。

やがて、安倍川に差しかかった。

川会所には川役人や川越人足などが詰めていた。安倍川は舟もなく、徒渡《かち》りであった。

そこに向かいかけたとき、ふいに男が現れた。

「あなたは佐吉さん」

栄次郎は意外そうに言う。

「お侍さま。このたびのこと、なんとお礼を申してよいかわかりません。このとおりでございます。ありがとうございました」

佐吉はいきなり土の上に跪き、土下座をした。

「さあ、お手を上げて。これは私たちにお金を託してくれた卯平さんというひとのおかげなんですよ。もう亡くなりましたその御方に、どうぞ感謝をしてやってください」

栄次郎は立ち上がるように言う。

「いえ、お侍さまたちがいらっしゃらなかったら、こうもうまくいきませんでした。藤兵衛親方も泣いて喜んでおりました。口じゃ、強がりを言っていましたが、あとで泣いていたのです」

　佐吉は声を詰まらせた。

「そうですか。どうぞ、おさちさんとお仕合わせに」

「はい。ありがとうございます」

　では、と去りかけたが、栄次郎はふと思い出したことがあって訊ねた。

「私たちのことで、誰か訊ねて行きませんでしたか」

「そういえば、旅の商人ふうの男が、お侍さまがどんな用で来たのかを藤兵衛親方にきいたそうです」

「旅の商人ふうの男?」

　沼津宿を出たあと、声をかけてきた男かもしれない。

「それから、お金以外に書付けはなかったかと」

「書付け?」

「娘を身請けするようにと記されていた以外には何も書いてなかったと答えると、相手は安心したように引き上げたということでした」

「そうでしたか。わかりました」

　どうやら、大黒屋三太夫は、その書付けが狙いだったようだ。そんなものがないとわかって安心したのかもしれない。しかし、何が書かれていると心配したのだろうか。

「では、お達者で」

佐吉に別れを告げ、栄次郎と新八は川会所に向かった。

川会所では大勢の旅人が川渡りの順番を待っていた。だが、幸いに川留めにならず、川越人足は旅人を渡していた。

水嵩《みずかさ》があり、渡し賃も値が上がって、人足ひとりに五十五文の賃銭だという。

栄次郎と新八はそれぞれ人足の肩車で対岸に渡った。女の旅人や年寄りは輦台に乗っている。対岸は手越という土地だ。

手越原を過ぎ、間もなく丸子宿に着いた。府中からは一里半である。

丸子川が流れ、丸子橋を渡る。右手に泉ガ谷吐月峰が見える。古くから月の名所として世に聞こえていると、新八が話した。

「そこにある柴屋寺の住職がそこで取れる竹から、灰吹、花器、茶器などを作ったんですよ。それで、竹細工の灰吹のことを吐月峰と言うそうです」

灰吹とは、煙草の吸殻を入れる竹の筒のことだ。

やがて、宇津の谷峠に差しかかった。峠を越え、下りは深い谷間で、上り下りのきつい山道だ。

丸子から二里で岡部宿に着いた。まだ、昼までには間があり、そのまま行き過ぎ、さらに、そこから一里二十九丁の藤枝宿を素通りし、島田に向かった。

島田に着いたとき、大井川に向かう道は旅人で溢れていた。

昼食に入った一膳飯屋の亭主が、

「ずっと川留めだったんですよ。やっと、渡れるようになったんですが、果たしてきょうじゅうに向こうに渡れるかどうか」

と、教えてくれた。

「雨のない季節は河原が剝き出しになるんですが、雨の多い時季だとすぐに増水して、川留めになってしまいます」

安倍川もだいぶ増水していた。きのうの雨はこっちのほうがもっと激しかったのか。

一膳飯屋を出てから大井川に行ったが、大勢の旅人が川渡りの順番を待っていた。

旅人は川会所に行って川札を買う。その川札を持って川越人足のところに行くのだが、その順番待ちの旅人の多さに目を瞠った。何百人という多さだ。

まだ、陽は高いが、川越えには時間がかかりそうだった。

「栄次郎さん。これじゃ、夕方になってしまいますね。きょうはここで泊まりますか」

新八が提案した。

「そのほうがいいみたいですね」

栄次郎はきょう川を渡るのを諦めた。

宿場まで戻って、『大井屋』という旅籠に入った。どの宿も客でいっぱいのため、ひと部屋しかなく、栄次郎と新八は同じ部屋で過ごすことになった。

「すみません。栄次郎さん」

新八が申し訳なさそうに言う。

「たまには結構じゃないですか」

風呂も早めに入ってくれと言うので、早い時間に入った。

夕方になって、旅籠もあわただしくなった。部屋の前をどたばたと通って行くひとの数が多い。

川越え出来なかった旅人に、対岸の金谷から川越えをしてきた旅人もいるので、たいへんな混雑だった。

また、島田宿には私娼も多く、近在の者も遊びに来た。

夕飯に酒を頼んだが、なかなか運ばれて来ない。忙しく女中が走りまわっているので、強く催促は出来ない。

やっと酒が運ばれて来た。

「栄次郎さん。幸菊のことですが、亭主が身請け金を負けてくれなかったらどうするつもりだったんですかえ」

少し酒が入ってきたところで、新八がきいた。

「ある御方にお借りしようと思ったんです」

「ひょっとして、栄次郎さんの糸で唄うのが楽しみだというお侍さんですか」

「そうです」

岩井文兵衛にときたま薬研堀の料理屋に誘われているという話はしてある。

「それでも、二百両もの金を貸してくれるというのは尋常ではないですね。いったい、どんなつきあいなのですか、その御方とは？」

新八が不思議そうな顔になった。

「父と親しかった方ですから……」

栄次郎は曖昧に答えた。

栄次郎が大御所の隠し子だと知ったら、新八は腰を抜かすかもしれない。

夕飯をとり終わったあとだった。廊下から声がかかった。

「番頭にございます。お宿検めでございまして、ちょっとよろしいでしょうか」

障子が開いて、番頭の後ろからぬっと現れた武士がいた。陣笠をかぶり、野袴の武士がふたりだ。

「拙者、駿府代官所の者でござる。役儀により、身元を検めたい」

尊大な口調で、いかつい顔の武士が言う。

「お役目、ごくろうさまです」

栄次郎は落ち着いて応じた。

「そのほうの名は？」

立ったまま、見下ろすように武士がきいた。

「矢内栄次郎と申します」

「手形を見せていただこう」

武士がでかい手を突き出した。

「その前に、何の検めか、教えていただけませんか」

「その必要はない」

武士が一蹴した。

「そりゃ、無茶ってもんじゃありませんかえ」

新八が脇から口をはさんだ。

「なんだと」

もうひとりの目の吊り上がった武士が新八に迫った。

「どうぞ、お検めください」

栄次郎は往来切手を差し出した。武士はそれをためつすがめつ眺めた。裏返しにしてから、武士は目を剥いた。

新八の出した手形ももうひとりの武士が調べている。

「失礼した。役儀のことゆえ、お許しを」

急に、武士が態度を改めた。

「いったい、何があったのですか」

栄次郎は手形を返してもらってからきいた。

「じつは、大黒屋三太夫の一味で、十郎太《じゅうろうた》という男が浪人者といっしょに府中を出て西に向かったという知らせが入ったのです。それで、調べています」

武士の言葉づかいも変わった。

「十郎太というのは?」

「はい。一味の中で、ただひとり面体《めんてい》が割れた者です」

「大黒屋三太夫とは街道沿いの大尽の屋敷を襲っているという盗賊ですね」

「そうです。どうやら、一味が西に移動している様子」

「西のほうで、どこかを襲う可能性があるのですね」

「そうです。狙いを定めて、ばらばらに行き狙った屋敷の近くに集結するものと思われます。ある者は商人に姿を変え、ある者は旅芸人を装い、目的地を目指すのです。あの連中は押し入った屋敷の者を皆殺しにしかねない凶悪な連中なのです」

「一味に女もいるのですか」

「おります。むささびのお銀《ぎん》と呼ばれている女です。一味の顔を見ている者がいないので、実体はなかなか摑めないのですが。では、失礼した」

御代官手付は引き上げて行った。

「どうやら、大黒屋三太夫一味はあっしらといっしょに移動しているようですね」

「ええ、沼津の宿にいた伊勢講の一行は、まさに大黒屋三太夫の一味だったんです。あのあと、一味はばらばらになって、西のどこかに向かったのでしょう」

「いったい、どこへ行くんでしょうか」

「ひょっとして、あの書付けは……」

「大黒屋三太夫が探していたという書付けのことですか」

「ええ、卯平が次の押込み先を記したのではないかと疑ったのかもしれません。卯平は仲間を裏切ったのですから」

「なるほど、身請けのことしか書いてなかったことで、大黒屋三太夫は安心したのですね」

ふと、風に乗って三味線の音が聞こえてきた。

「あの旅芸人のお染がむささびのお銀でしょうか」

「信じたくありませんが」

この糸の音は、あの芸人ではないようだ。この地には遊女がおり、島田髷はここの遊女から広まったという。

翌朝、宿を出発した。曇り空だが、雨の降る心配はなさそうだった。

まず、川会所で川札を買い求める。

東海道の徒渡《かち》りの川は、酒匂川、興津川、安倍川、大井川の四つだが、大井川がはるかに川幅が広い。ここでは栄次郎と新八はふたり乗り輦台の平台に乗った。

平台は二本の棒に板を打ちつけ、低い手摺りをつけた簡単なもので、ひとり乗りは四人で、ふたり乗りは六人で担いだ。

大名が乗るのは欄干付きの見栄えのよい輦台である。

対岸がはるかかなたにあり、なかなか先に進まないような気がしたが、輦台を担ぐ川越人足たちはたくましく少しずつ、対岸に近づいて行った。

金谷から日坂に入り、牧ノ原を過ぎ、佐夜《さよ》の中山《なかやま》に差しかかった。峠道である。そこを過ぎて、掛川に入った。

掛川から秋葉道が分かれ、秋葉権現への道である。が、栄次郎たちはさらに、先を急いだ。無意識のうちに、旅芸人を追っていたのだ。

袋井の宿場に入った。

「旅芸人の姿を見ませんでしたね」

栄次郎は残念そうに言う。

「ひょっとしたら、知らないうちに途中で追い抜いてしまったのかもしれません」

途中にある立場の茶屋か、あるいは街道を逸《そ》れて休憩していたのに気づかず、追い抜いて行ってしまったかもしれない。

新八は小首を傾げた。

「どうでしょうか」

駿府に二泊し、島田でも宿泊した。その間に、旅芸人はとうに大井川を越えた可能性もある。

「先を急ぎましょう」

新八が言った。

西島の立場を過ぎ、太田川を渡ってから坂を上る。やがて、坂の頂上に出る。三本松というところだ。

「栄次郎さん。ここは見付刑場ですよ。日本左衛門《にほんざえもん》の浜島庄兵衛《はましましょうべえ》がさらし首にされたところです」

「あの大盗賊の日本左衛門ですか」

大勢の手下を引き連れ、駿府から名古屋の先までを荒しまわった盗賊の頭《かしら》だ。押し入るときは、大名のような姿で手下を差配していたという。

「大黒屋三太夫も日本左衛門の真似をしているようです」

「でも、大黒屋三太夫は押し入った先の者を皆殺しにしているそうですね。残虐すぎます。日本左衛門とは違います」

栄次郎は苦い顔をした。

「いったい、どこを狙っているんでしょうか」

一味は西に向かっている。沼津宿の旅籠で皆が集まって、頭《かしら》の大黒屋三太夫から次の狙いを聞かされたのに違いない。

栄次郎はなんとか知りたいと思った。やはり、あの旅芸人のお染だ。だが、大黒屋三太夫の一味だとしても、容易に口を割らないだろう。

それでも、あの芸人に追いつくのだ。

そう思って、栄次郎は足を早めた。

すると、天竜川の手前で、新八が声をあげた。

「いましたぜ、栄次郎さん」

なるほど、派手な紅い色が目に飛び込んだ。やっと、旅芸人の一行に追いついた。

すでに、陽は西に傾きはじめた。

近づいて行くと、旅芸人の一行が足を止めた。

「お染さん」

栄次郎は声をかけた。

「あら、この前のお侍さま」

お染は目をぱちくりさせた。

「もうとっくに先に行ったと思っていましたよ」

男衆が声をかけた。

「駿府で二泊ほどしましてね」

歩きながら、栄次郎は話す。

天竜川に出た。ここは川船渡しである。

お染たち一行といっしょに、栄次郎と新八は天竜川を船で渡った。船は乗客でいっぱいだった。

対岸に着き、再び街道を行く。この先、安間という立場を過ぎると、浜松領であった。

ふいに、男衆が声をかけた。

「私たちはここで少し休んでから参ります。どうぞ、お先に」

「そうですか。今夜は浜松で？」

「はい。そのつもりです」

「そうですか。じゃあ、浜松の宿で、声を聞かせてもらいましょうか」

栄次郎はお染に言い、

「じゃあ、先に行っています」

と、旅芸人の一行と別れた。

その安間の手前から本坂海道が分かれている。その分岐点に着いたとき、新八が首を傾げた。

「こっちは姫街道といい、気賀《けが》、三ヶ日、嵩山《すせやま》、御油《ごゆ》を経て、赤坂宿の手前に出ます。道程も長くなりますが、舞坂と新居浜間の船渡しを避け、さらに新居の関所を避けるにはこちらへ行くでしょう」

「一味はこっちに行った可能性もありますね」

さっきの旅芸人たちは関所も通りやすいから東海道をまっすぐ行くだろう。

「待ってください。旅芸人たちはさっき休憩をとりましたね。休憩をとったのが、姫街道との分かれ道の手前だというのが気になります」

「ひょっとして、あとからやって来る一味の誰かを待っているのでしょうか」

新八は思いを巡らせる。

「おそらく、そうだと思います。新八さん。申し訳ないのですが、様子を見て来ていただけますか」

「わかりました。じゃあ、栄次郎さんはまた浜松の旅籠で待っていてください」

「いえ、この近くで待っています」

「そうですかえ。じゃあ、この先に、植松の立場があります。その先を、一里半ほど北に入ったところが三方ガ原《みかたがはら》の古戦場ですよ」

家康が武田信玄に敗れ、浜松に逃げ帰ったという三方ガ原である。

「その植松の立場で待っていていただけますか。すぐに追いつきます」

「すみません」

「なあに、お安い御用で。じゃあ、行って来ます」

新八は来た道を戻った。

新八の姿が見えなくなってから、栄次郎は再び歩きだした。他に、数人の旅人がいたが、大黒屋三太夫一味らしき姿はなかった。

植松の立場に着いたが、栄次郎は先に足を伸ばした。

新八が言うように、三方ガ原に行く道が分かれていた。往復三里だとすると、一刻(二時間)以上かかる。

三方ガ原まで行くのはちょっと無理だった。新八はそれまでには戻って来てしまう。

栄次郎は植松の立場まで戻り、茶屋で休んだ。

茶屋の前を通り過ぎて行く旅人に目を向けていたが、大黒屋三太夫一味を見つけることは難しい。ばらばらになって普通の旅人に混ざっているからだ。

茶を呑み終え、四半刻(三十分)待ったとき、新八がやって来た。

栄次郎は銭を払って街道に出た。

「案の定、あとからやって来た男と何か話していました。その男が沼津宿を出たあと、沼津宿で大騒ぎがあったと話していた男ですよ」

「やはり、皆つながっていたわけですね」

「たぶん、あの男は姫街道を行くはずです」

「すると、一行が集まるのは姫街道と東海道が合流した先ですから、御油より西ということになりますね」

「そうでね。舞坂、新居、白須賀、二川、吉田は抜けます」

「いずれにしろ、浜松まで急ぎましょう」

栄次郎は足を早めた。


馬込橋を渡ると、浜松の宿場である。浜松は公認の遊女はおらず、飯盛女が旅籠にいた。もちろん、栄次郎たちは入口のほうの飯盛女のいない旅籠に入った。

足を濯ぎ、二階の部屋に入った。

新八が窓辺に寄り、宿場の入口のほうに目をやっている。ここから、旅芸人の一行が入って来るのがわかる。

「今夜も、お染という女を呼んでみますかえ」

新八がきいた。

「ええ、呼んでみましょう。ただ、我々が、一味だと気づいたのを悟られないようにしましょう」

「わかりました」

そう答えたあとで、新八が言った。

「来ましたぜ」

栄次郎も立ち上がって窓辺に寄った。

一行が宿場に入って来た。

下を通りかかったとき、新八が声をかけた。

「お染さん」

一行は立ち止まり、お染が顔を上に向けた。そして、微笑んで見せた。

「今夜、お呼びしたいがいいかえ」

「喜んで」

「じゃあ、待ってますぜ」

お染は会釈をし、宿場の奥に進んだ。芸人たちは木賃宿に泊まるのだ。

順番に風呂に入り、夕飯をとり終わったあと、お染がやって来た。

「お招きいただきありがとうございます」

お染は三味線を抱いて入って来た。

「すまない。着いた早々に仕事だなんて」

「いえ、私の唄を聞いていただけるお客さまがいらっしゃるなら、どこへでもお伺いいたします」

お染は糸を鳴らしながら、糸の調子を合わせた。

「では何からいきましょうか」

「また、たて山をお願い出来ますか」

「はい」

お染は二上がりに調子を合わせ、糸を爪弾き、唄いだす。

浮世はなれて　奥山住まい
恋も悋気も　忘れていたが
鹿の鳴く声　聞けば昔が
恋しゅうてならぬ
あの山越えて　逢いに来る

峰の白雪　麓の水
今じゃ互いに　隔てていれど
末はうれしく　溶けて流れて
添う身じゃないか
やがて花さく　春を待つ

またも、お露のことが思い出されて、心まで涙で濡れてきた。いまだに忘れることの出来ない己の心が恨めしかった。

お露に会いに行くのではない。お露を忘れるために行くのだと思うと、よけいに悲しくなった。

「お侍さま」

お染が声をかけた。

「あなたさまには忘れ得ぬ御方がおいでのようでございますね」

「じつは、そうなのです」

栄次郎は、なぜか素直に打ち明けた。

「門付け芸人でした」

「門付け芸人？」

　お染は目をしばたたかせた。

「その御方はもしや、お亡くなりに？」

「ええ。どうして、それを？」

「『秋の夜』です。江尻宿で、『秋の夜』をご所望なさいました。その御方は、もしや、お露さんでは」

「なんと」

　栄次郎は覚えず声をあげ、新八も目を丸くした。

「あなたは、お露さんとはどのようなご関係なのですか」

　つい興奮して、栄次郎はきいた。

「三年ほど前に、岡崎の宿で知り合いました。とても声のよい御方でした。今年の春、風の噂に、お露さんと辰三さんが亡くなったと聞きました」

「そうでしたか。まさか、お露さんと縁のあるひととお会いするなんて、何かのお導きかもしれません」

　栄次郎は不思議な思いにとらわれた。

「ご存じだったら、教えてください。お露さんはどのようなお生まれの方だったのか」

「私も、よく存じません」

　お染は戸惑い気味に言う。

「栄次郎さん。あっしはちょっと町を歩いて来ますよ」

　新八が腰を浮かせて言う。気をきかせたのだろう。

「新八さん。かまいませんよ」

「いえ。ちょっと、散策したくなりました。お染さん。じゃあ、あとは頼みました」

　新八はお染にも声をかけて部屋を出て行った。

「お染さん」

　再び、栄次郎はお染に語りかけた。

「私はお露さんと三島宿で知り合い、江戸で何度か会いました。私はお露さんに夢中になった。生まれてからあんなにひとを好きになったことはなかった。ところが、お露さんには秘密があったんです」

「…………」

「兄妹ということでしたが、実際は夫婦でした。それなのに、お露さんは……」

　栄次郎はあとの言葉が続かなかった。売笑婦だったと口に出せなかった。

「それだけではありません。あのふたりは、殺し屋だったのです」

お染は驚かなかった。売笑婦のことも、殺し屋のことも知っていたのであろう。

「お露さんを殺したのは私なんです。私が殺したんです」

「えっ、お侍さまが？」

衝撃が大きかったのか、お染は胸に手を当てて、やがて大きく息を吐いた。

そのときの悲しみが襲ってきて、栄次郎はまたも胸をかきむしりたくなった。お露が簪を突きたててきたので、無意識のうちに脇差で刺したのだ。

いや、意識の底には自分の手でお露を始末するという考えがあったのだ。捕まれば死罪になるのは必定。ならば、自分の手で、と栄次郎は思っていたのだ。

「いったんは忘れたと思っていたお露さんへの思いが蘇ってきたのです。前以上に、激しく。このままではだめになってしまう。それで、お露さんのことを忘れるために旅に出たのです」

「そうでございましたか」

お染はしんみりした。

「お染さん」

栄次郎は気を取り直して声をかけた。

「あなたにはお露さんのような生き方をして欲しくない」

はっとしたように、お染は表情を変えた。

「芸で身を立てていくことはたいへんでしょう。でも、自分の身を大切にしてください」

栄次郎は真摯に言う。

お染はうつむいていた。

やはり、お染は大黒屋三太夫の一味に間違いないようだ。だが、栄次郎はあえてそのことには触れなかった。

「あなたと出会えてよかったと思います。ありがとう」

栄次郎は頭を下げた。

「私なんて……」

お染は泣きそうな声を出した。

「お侍さまのような御方に巡り合えて、お露さんは仕合わせだわ。私なんかより、よっぽど」

「いや。今、辛くとも生きていればきっといいことがあります。まっとうに生きてさえいれば」

「いいことなんてありません」

お染は片手を畳についた。

「私は……」

お染は何かを打ち明けようとしている。いや、打ち明けようかどうか、葛藤をしているのだ。

「お染さん。なんですか、なんでも仰ってください」

顔を向け、お染は口を開きかけた。

だが、すぐに閉ざされた。

「お染さん。今度は私がきいてやる番です。どんなことでも仰ってください」

「いえ。私はもう汚れた人間なんです。お露さんと同じで、どうしようもない運命にがんじがらめになっているのです」

お染は嗚咽《おえつ》を漏らした。

「ごめんなさい。もう、失礼します。今夜は、これ以上唄えません」

お染は腰を浮かせた。

「待ちなさい。お代を」

「いただけません」

「待ってください。あなたは、どこまで行くのですか」

障子に手をかけたまま、お染はしばらく間をおいてから振り向いた。

「岡崎です」

強い眼差しで言った。

「岡崎？」

「失礼します」

お染は部屋を出て行った。

栄次郎はひとりで呆然としていた。まさか、お染がお露と関わりがあったとは……。

しかし、同じ芸人だ。どこかで出会っていたとしても不思議ではない。

どのくらいひとりでいたのか、新八が帰って来た。

「帰ったんですね。途中で、姿を見かけたんです」

「ええ。妙な話になって、もう今夜は唄えないと言って帰りました」

「奇遇でしたね」

新八も、お露とのことを言っているのだ。

「新八さん。別れ際、お染さんは間をおいてから、岡崎に行くと言いました」

「岡崎ですか」

「ひょっとして、お染さんは大黒屋三太夫が岡崎で押し込みをするのだということを教えてくれたんじゃないかと思ったんですが」

あのときの強い眼差しは、助けて欲しいと訴えていたのではないか。栄次郎はそう思った。

「岡崎に寄ってみましょう」

もし、救えるものなら、お染を助け出してやりたいと、栄次郎は思ったのだ。

三

翌朝、宿を発った。宿場のあちこちに旅人の姿が見えた。

木賃宿の前を通った。すでに、お染たちは出立したあとのようだった。

幾つかの立場を過ぎ、左手に海を見ながら舞坂にやって来た。浜松から二里三十丁の距離である。目の前に、浜名湖が広がっている。

ここから、対岸の新居には船で渡らねばならなかった。

向こうの発着場には武家が乗るための公用船が停泊していたが、栄次郎は一般庶民が乗る廻船業者の乗合船で対岸に向かった。

対岸に着いた。ぞろぞろと船を下りたが、目の前が関所になっている。新居の関だ。箱根と並ぶ厳重な関所である。吉田藩が管理をしている。大黒屋三太夫の一味は、この関を避けるために姫街道に向かったものと思える。

栄次郎と新八は往来切手を示して、何事もなく関所を通過した。

「お染の一行と出会わなかったのは、どうやらあっしらのほうが先に出立したみたいですね」

新八が関所のほうを振り向いて言う。お染らしい芸人の姿はなかった。

「姫街道を行った仲間のほうが時間がかかりますからね」

栄次郎も言う。

新居宿を出て、白須賀宿、二川宿と通過し、昼頃に吉田宿に着いた。

松平氏十七万石の城下町である。宿場内の道は曲がりくねっていた。

「栄次郎さん。ここから、伊勢の白子まで船が出ていますよ」

吉田湊から白子まで、歩いて行くと四、五日かかるが、船で行けば二日ほどで着けるという。

早く、春蝶に会いたいという気持ちもあるが、お染のことが気がかりだった。

「やはり、岡崎に行きます」

栄次郎は言い切った。

再び、歩きはじめる。坂を上ったり、下ったりしながら、幾つかの立場を過ぎ、いよいよ御油に差しかかるところで、姫街道との合流地に出た。

もちろん、姫街道を通るほうが時間がかかり、大黒屋三太夫一味がここに到着するにはまだ日数がかかる。

御油は小さい町だが、本陣が四つもあり、旅籠の数も六十軒ぐらいあった。飯盛女もいて、姫街道との分かれ道にも近いので、旅人で賑わっていた。また、秋葉山や鳳来寺山、豊川稲荷に行く旅人も多いという。

赤坂まで足を伸ばそうとしたが、ようやくひと部屋空いている旅籠を見つけ、そこに泊まることにした。

二階の部屋に通された。賑やかな声が聞こえて来る。もう宴会をしているらしい。

「賑やかだな」

新八が案内の女中にきいた。

「はい。秋葉山に向かう一行です」

そう言い、忙しそうに部屋を出て行った。

お染の一行は吉田宿に泊まるのかもしれない。

ゆうべ、帰り際に見せたお染の悲しげな顔が忘れられない。どうしようもない運命にがんじがらめにされているのだと、お染は言った。

なんとか、お染を助けてやりたい。お露と顔見知りというのも奇遇だった。いや、旅芸人はお互い、どこかですれ違っているのかもしれない。だが、栄次郎にはお染との出会いはお露の導きのように思えた。

お染さんを助けてやって。お露がそう訴えているような気がした。

翌日、赤坂、藤川を経て、昼前に岡崎城下に着いた。

神君家康公が生まれた地であり、現在は本多家五万石の城下町である。

岡崎は六十余町二十七曲がりといい、岡崎城下を通過する東海道は二十七の曲がり角がある。

栄次郎と新八は左折と右折を繰り返して、木賃宿の手前にある旅籠を選んで投宿した。

ここなら、お染がやって来るのがわかると思ったのである。

早い時間に旅籠に入り、少し休んでから、栄次郎と新八は外出するために一階に下りた。玄関に亭主がいて、声をかけてきた。

「お出かけでございますか」

「ええ、町を一回りしてこようと思っています」

栄次郎は宿の下駄を借りて言う。

「岡崎女郎衆はよい女郎衆といわれています。お遊びでしたら……」

「いえ、ただの散策です」

栄次郎は苦笑して答え、旅籠を出た。

「さっき女中に聞いたら、ここの女郎は伊勢から来ている者が多いそうですよ」

「伊勢からですか」

暮らしのためには、そうするしかないのだ。なんとなく、暗い気持ちになったのは、お露のことを思い出したからだ。

お露もどのような境遇なのかわからないが、親も同じような芸人だったのかもしれない。あるいは、貧しい家に生まれ、子どもの頃にどこかに売られたのか。

お染も似たような境遇かもしれない。

「ほんとうに曲がりくねった道ですね」

お城の防御のためにあえてこうした道にしてあるのだが、今はほとんど必要がない曲がり角だ。

やがて、八町という町に出た。

「八丁味噌の本場ですよ」

新八が教えた。

「八丁味噌ですか」

そこから、すぐ矢作川《やはぎがわ》に出た。

「絵本太閤記で、豊臣秀吉が日吉丸と名乗っていた頃、この矢作橋の上で、蜂須賀小《はちすかこ》六《ろく》と出会うんでしたね」

創作だろうが、栄次郎は子どもの頃に胸を躍らせて読んだ本を思い出した。

その橋を渡る。街道沿いに集落がある。

街道を外れ、村の道に入ってみる。まだ、陽は十分に高い。

やがて、お寺が見えてきた。誓願寺という。

庭掃除の坊さんが、山門の内側から、

「浄瑠璃姫の遺跡がありますよ」

と、誘いかけた。

「浄瑠璃姫というと、源義経に寵愛されたひとですね」

栄次郎は思い出して言う。

源義経が奥州に落ち延びる途中に立ち寄った矢作の里の長者の家で、その娘の浄瑠璃姫と恋仲になった。が、奥州に逃げる義経と別れなければならなくなり、菅生川《すごうがわ》に身を投げたという。

その悲恋物語は人形浄瑠璃にもなった。長唄などを浄瑠璃というのも、この物語を語ったことからきている。

その塚の前に立ち、しばし義経と浄瑠璃姫との悲恋に思いを馳せてから、引き上げかけたとき、寺の先のほうから男が歩いて来るのを見た。

背中に風呂敷包みを背負った商人体の男だが、滑るような歩き方がただ者ではないように思えた。

栄次郎は山門の陰から男を見送った。

「今の男、ただの商人じゃありませんね」

新八が眉を寄せて言う。

「ええ。あの目の配りもただ者ではありません」

栄次郎も応じる。

「まさか、大黒屋三太夫の一味では」

「その可能性は高いでしょう」

この岡崎で何かをするらしいという先入観から、栄次郎は想像した。

「ちょっとあとをつけてみます」

新八はすぐあとをつけた。

新八が去ってから、栄次郎は男がやって来たほうに目をやった。向こうに何があるのか、気になった。

栄次郎は歩きはじめた。畑地であり、百姓家が点在している。道祖神があり、その先を曲がって行くとふと、大きな屋敷の前に出た。

長屋門の屋敷だ。武家屋敷ではなく、庄屋の屋敷だろう。一段高い場所にあり、石垣をめぐらしてある。

相当なお大尽だ。栄次郎は圧倒される思いで、屋敷を見つめた。

浄瑠璃姫が住んでいた長者屋敷もこのような屋敷だったのではないかと思わせた。

ふと、背後に足音を聞いた。振り返ると、年寄りが下僕ふうの男を連れて、こっちに向かって来る。

「何か御用ですか」

年寄りが笑みをたたえてきいた。

「失礼しました。あまりに見事なお屋敷なので、つい見とれておりました」

栄次郎は素直に感嘆した。

「こちらの御方ではないのですか」

眉毛も白く、好々爺然としているが、鼻筋が通って、どこか一本芯が通って気骨のある老人に思えた。

「はい。江戸の者で、矢内栄次郎と申します。早い時間に旅籠に入りましたので、散策をしていて、ここまで来てしまいました」

栄次郎は畏まって答える。

「矢内さまですか。私はこの屋敷の主の民右衛門《たみえもん》と申します。どうぞ、お寄りしませぬか」

民右衛門が誘った。

「とんでもない。初対面なのに」

あわてて、栄次郎は遠慮した。

「まあ、よいではござらぬか。旅の話でも聞かせてくだされ」

民右衛門は熱心に勧めた。栄次郎は断りきれずに、

「それでは、少しだけ」

と、応じた。

「さあ、どうぞ」

石垣に沿って坂道を上がって門に着いた。

門から玄関まで、さらにある。

「どうぞ、こちらから」

民右衛門は玄関に招いた。家人や奉公人たちが使う出入り口とは別の場所だ。

主人を出迎えに女中が出て来た。

「お客人だ。奥座敷に」

「はい」

女中は、栄次郎にどうぞと言った。民右衛門は玄関を出て行った。自分は向こうの入り口にまわるのだろう。ここは客人、それも上客を迎える玄関に違いない。

玄関脇にある庭に面した部屋に通された。

開け放たれた障子から涼しい風が入って来る。庭に、躑躅《つつじ》や牡丹が見事に咲いている。

民右衛門がやって来た。

「申し訳ございません。見ず知らずの私にこのようなご親切を」

向かいに座った民右衛門に、栄次郎は頭を下げた。

「これも、何かの縁でございましょう」

民右衛門は笑いながら言う。

「失礼します」

廊下で女の声がした。

若い女が入って来た。平伏し、上げた顔を見て、栄次郎は覚えず声をあげそうになった。あまりの衝撃に、栄次郎は呆然とした。お露に似ていたのだ。

いや、よくよく見れば、お露のほうが妖艶な魅力があった。だが、この娘にはさわやかな初々《ういうい》しい美しさがあった。

「娘のお咲《さき》にございます」

民右衛門が引き合わせた。

「はじめまして。矢内栄次郎と申します」

あわてて、栄次郎は名乗った。

「では、ごゆるりと」

お咲は引き上げた。

「矢内さまはどちらへ行かれるのですか」

民右衛門がにこやかな顔できいた。

「伊勢です」

「ほう、お伊勢さんですか」

「神宮にお参りが目的というより、ある御方を探しに行くのです」

「わざわざ、そのために？」

「はい」

その後、何かの折りに、さっきこちらに来る途中、商人体の男を見かけたことを話した。

「やはり、ご商売でやって来るのですか」

栄次郎は確かめた。

「その男なら、芸人の世話係かもしれませぬ」

「芸人の？」

「はい。三日後に、芸人を呼んで、芸を披露してもらうことになっているのです。私どもの屋敷には奉公人らも含め、三十人以上がおります。年に何度かの楽しみのひとつです」

「その芸人さんとはどんなひとたちですか」

栄次郎は胸騒ぎがした。

「唄と踊りでございます。さっきの者が売り込みに来ましてね。私どもの屋敷には毎年、角兵衛獅子や瞽女《ごぜ》などが参ります」

「角兵衛獅子や瞽女などもですか。ひょっとして、門付け芸人もお招きに？」

栄次郎の脳裏を掠めたのはお露のことだった。ひょっとしたら、お露もこの屋敷に呼ばれ、芸を披露したことがあるのではないか。

「はい。一度、新内語りもお呼びいたしました」

「新内語り？」

「ええ、年配の御方でしたが、とてもかんのきいた声で」

「その新内語りの名を覚えておいでですか」

「確か、春蝶さんとか」

「春蝶さん」

覚えず、栄次郎は声をあげた。

「ご存じですか」

「はい。じつは、私が伊勢に行くのは春蝶さんに会うためなのです」

春蝶が伊勢にいるらしいとの噂を聞き、訪ねて行くところだと、栄次郎は話した。

「そうでございますか」

何かの因縁を感じた。

だが、その感慨に浸っている場合ではないと、栄次郎は思い直した。

「旅芸人がやって来るのは三日後だということですね」

「そうです」

栄次郎の顔つきが厳しいものになったのを見逃さずに、

「矢内さま。どうかなさいましたか」

と、民右衛門は眉の辺りに翳《かげ》を作った。

「その芸人は、芸を披露し終えたあと、どうするのですか。そのまま引き上げるのでしょうか」

「いえ。その夜はお泊まりいただきます。芸人たちは貧しいひとたちですからね。そのぐらいの施しをしてあげませぬと」

民右衛門は不安そうに言い、

「矢内さま、何かご不審でも?」

と、栄次郎の顔色を窺った。

「お願いがございます。その芸人の一行の芸、私にも見させていただけませぬか」

「それはかまいませぬ。が、何か」

民右衛門は不審そうな表情のまま頷いた。

「ええ。ちょっと気になることがございます。今は言えませぬが、どうか私を信用していただきとう存じます」

栄次郎は懇願した。

「信用いたしますとも。私はあなたさまのお顔をひと目見たときから、あなたさまに惹かれるものを感じておりました。気品のようなものが窺えます。まるで」

そこで民右衛門が言葉を切った。

「まるで？」

不思議そうに、栄次郎はきく。

「はい。源義経をはじめて見た長者もかくあったかと」

「それは畏れ多いことでございます」

栄次郎を義経に例えた民右衛門は真顔だった。

「どういうことかわかりませぬが、矢内さまのよろしいように」

民右衛門は厳しい顔つきになって言った。

「それでは三日後、お邪魔いたします」

民右衛門とお咲に見送られて、栄次郎は屋敷をあとにした。

宿に帰ったが、新八はまだ戻っていなかった。

栄次郎は部屋を出て階下に行き、帳場にいた亭主に声をかけた。

「矢作橋の向こうに大きな庄屋屋敷がありますね」

「ええ、あの辺りの大庄屋ですよ。長屋門を許されているのですから、たいそうな羽振りでございます。あの土蔵には、千両箱が唸っているという噂です。まあ、長者屋敷です。なんでも、ご城主さまもときたまお遊びに行かれるとか」

亭主はうらやましそうに言った。

「じゃあ、盗賊に対する警戒などはどうしているのでしょうか」

「お屋敷の周囲は石垣で囲まれておりますから、盗人が忍び込むのは容易じゃないでしょう。武芸の心得のある奉公人も大勢おりますからね。それに、いざというときには、町方の役人も駆けつけるようになっているということです」

「なるほど。それなら心配いりませんね」

「ええ、これまでに何度か盗賊が押し入ろうとしたことがあったそうですけど、ことごとく失敗しています」

「そうでしょうね」

その後、当たり障りのない話をしていると、新八が帰って来た。

「お帰りなさいませ」

　亭主が新八に声をかけた。

　栄次郎は新八と梯子段を上がった。

「わかりましたか」

　部屋に入るなり、栄次郎はきいた。

「ええ。あの男。伝馬町にあるしもた屋に入って行きました。近所で、その家のことを訊《たず》ねたんですが、この半年ばかり前から老夫婦が住んでいるってことでした。商人体の男は誰かわからないってことです」

「大黒屋三太夫一味の根城かもしれませんね」

「ええ、その可能性が強いと思います」

「じつは、あのあと、男が歩いて来たほうに行ってみました。そしたら、大庄屋のお屋敷に出ました」

　そこの主人の民右衛門に声をかけられ、部屋に上がったことを話し、

「そこで聞いたのですが、三日後に、その屋敷に旅芸人の一行を招いているそうです。商人体の男はその世話人だそうです」

「旅芸人ってもしや？」

「ええ、お染さんたちでしょう。芸を披露した夜、旅芸人はあの屋敷で宿泊するそうです。おそらく、真夜中に、一味を引き入れるのではないでしょうか」

「なるほど」

新八は腕組みをした。

「狙いはその庄屋屋敷ですか」

「間違いないと思います」

「どうします？」

腕組みを解いて、新八はきいた。

「三日後の夜、私はあの屋敷に泊めてもらおうと思っているんです。何もなければ、それでよし。もし、押し込みがあった場合には私は大黒屋三太夫と闘います」

「あっしも闘いますぜ」

「いや。新八さんは外で見張っていて、大黒屋三太夫一味が押し入ったら、奉行所に知らせて欲しいんです」

「わかりました。でも、奉行所がすぐに動いてくれるでしょうか。かえって、あっしたちを疑って面倒なことになりませんかねえ」

「ともかく、やってみましょう」

栄次郎は、万が一の場合は岩井文兵衛から預かった往来手形の裏側を見せようと思った。往来手形は身分を証明するものだが、その裏には将軍の印が押してある。すなわち、将軍が認めた人間であるということだ。それを使うことに抵抗があったが、やむを得なかった。

栄次郎は梯子段を下り、帳場に入った。

「ご亭主。ちょっとよろしいですか」

そろばんを使っていた亭主はすぐに顔を上げた。

「なんでございましょう」

「ご亭主は奉行所で親しい御方がいらっしゃいませんか」

「奉行所ですか。いないこともありませぬが、何か」

「じつは、内密で奉行所の御方にお会いしたいのです。ここに呼んでいただくことは難しいでしょうか」

「それはかまいませんが、いったいどのような用件で?」

「今は言えないのです。私を信用してくださいとしか言いようがありません」

栄次郎は真剣な眼差しで亭主を見た。

亭主は今までの柔和な顔つきから一変し、厳しい表情で栄次郎を見返した。

「わかりました。お取り次ぎいたしましょう」

「ありがとうございます。なにぶん、内密でお願いいたします」

栄次郎はあくまでも細心の注意を払った。なにしろ、客の中に、大黒屋三太夫の手下がいないともかぎらないのだ。

四

翌朝の四つ（十時）過ぎ。女中たちが旅人の出立したあとの部屋の掃除をはじめて、その音が聞こえてくる。

栄次郎は部屋の中で、新八とともに待っていた。

ようやく、梯子段を上がって来る足音に、新八が表情を動かした。

「矢内さま。よろしゅうございますか」

襖の外で、亭主の声が聞こえた。

「どうぞ」

襖が開き、亭主と小肥りの侍が入って来た。三十半ばと思える丸顔の侍だ。一見、おっとりした風貌だが、眼光が顔つきと不釣り合いに鋭い。

「矢内さま。町奉行所同心の小幡源五郎《おばたげんごろう》さまです」

亭主の声に、小幡源五郎は軽く会釈をした。

「私は江戸から参りました矢内栄次郎と申します。突然にお呼び立てをいたしまして、たいへん申し訳ございません」

栄次郎は丁寧に挨拶をした。

「うむ。さっそくだが、御用件を承《うけたまわ》ろうか」

向かい側に腰を下ろして、小幡源五郎は少し甲高い声で言った。

「はい。じつは、ここに来る道中で、駿河代官所の代官手付どのの宿検めに遭いました。そのとき、東海道筋を荒しまわっているという大黒屋三太夫のことをお聞きしました。なんでも、一味の者が西に下っているらしいというのです」

「なに、大黒屋三太夫が？」

小幡源五郎の顔色が変わった。

「はい。どうやら、西のどこかで一稼ぎするようなのです。それより前に、私は大黒屋三太夫の一味の者と道中がいっしょになったようなのです。もちろん、その者が一味かどうかは確かではありません。でも、その男の身のこなしがただ者ではないという印象を持ちました」

お染のことを言うわけにはいかなかった。だから、少し、嘘をつかねばならなかった。

「きのう、私はこの宿場にやって来ました。宿に入ってから散策に出かけて、浄瑠璃姫の塚を見に行ったあと、なんと大黒屋三太夫の一味らしい男を見かけたのです」

「それはまことか」

小幡源五郎は身を乗り出した。

「はい。私は気になり、男がやって来た方角へ行ってみました。すると、大きなお屋敷に出ました。庄屋の民右衛門さんのお屋敷でした」

民右衛門から声をかけられ、客間に通された経緯を話してから、

「さっき見かけた男のことをきいてみました。すると、明後日の夜、屋敷に旅芸人の一行を招いているが、その世話役のひとだということでした」

栄次郎は小幡源五郎が真剣な眼差しになっているのを確かめて、さらに続けた。

「その男は大黒屋三太夫一味に相違ありません。旅芸人の世話役になりすまし、明後日の夜、あのお屋敷に入り込むつもりなのではないかと考えました」

「まさか」

「まさか、かもしれません。でも、万が一ということがあります。明後日の夜、捕り

方がすぐに駆けつけられるように手を打っておいていただけませんか」

「矢内どの」

小幡源五郎が口をはさんだ。

「いろいろ承ったが、今ひとつぴんとくるものがない」

小幡源五郎は冷たく言い放った。

すべてを正直に話したほうがもっと説得力を増したのだろうが、お染を助けたいという思いからすべてを話せなかった。そのぶん、小幡源五郎には真実味が感じられなかったのかもしれない。

「はい。小幡さまのお気持ちはよくわかります。でも、私を信用していただくより他はありません。明後日、私は民右衛門さんの屋敷に泊めてもらうことになっています。万が一、大黒屋三太夫が押し入って来たら、私は応戦し、ここにいる新八が小幡さまに知らせに走ります」

小幡源五郎は新八に顔を向けた。

「小幡さま。どうか、よくお考えください」

新八が脇から訴える。

「大黒屋三太夫は押し入った先の人間を皆殺しにしかねないほど凶悪な連中だそうじ

ゃありませんか。もし、一味に忍び込まれたら、民右衛門さんの屋敷はたいへんなことになってしまいます」

「もし、そのほうたちが大黒屋三太夫の一味ならなんとする？」

小幡源五郎は厭味ったらしくきいた。

「えっ？」

「我らを庄屋の屋敷に誘《おび》き出し、その間に町中の別の商家を襲う手筈とも考えられなくはないではないか」

小幡源五郎は疑わしそうな目を向けた。

「それでは、私たちふたりは小幡さまに顔を晒してしまうことになります。私たちにとってきわめて危険であり不利ではありませんか」

栄次郎は反論した。

「よし。少し、考えさせていただこう」

「小幡さま。もう、大黒屋三太夫の一味は続々と岡崎宿に到着して来ると思います。私たちの動きを悟られたら、せっかくの捕縛の機会を逸してしまいます」

「わかっている」

小幡源五郎は怒ったように言った。

「念のためだ。そなたたちの通行手形を見せていただこう」

「よろしいでしょう」

栄次郎が往来切手を見せた。

裏をひっくり返してから、小幡源五郎の顔色が変わった。手形と栄次郎の顔を交互に見てから、やっと手形を返した。新八のものまで見ようともせず、

「わかりました。明後日の夜、奉行所にて待機しておりましょう」

と、小幡源五郎は言った。

新八は小幡源五郎の態度が変わったことを不思議に思ったようだ。

小幡源五郎も将軍の御朱印を見たのだ。岩井文兵衛の力を頼った形になったと忸怩たる思いにかられた。


二日後の昼過ぎ、栄次郎は庄屋の民右衛門の屋敷に入った。

栄次郎は民右衛門にも詳しいことは話していない。ただ、いっしょに旅芸人の芸を見せてもらいたいと頼んだだけだ。

民右衛門の妻女や息子夫婦に挨拶して、栄次郎は部屋に上がった。

民右衛門が奥の小部屋に通してくれた。柱に、一輪挿しが飾られていた。障子を開

けると、小さな裏庭だ。

「矢内さま。こちらでいいのですか」

民右衛門が気が引けたようにきいた。

「もちろんです。で、旅芸人の一行が泊まる部屋はどちらですか」

「ちょうど、庭をはさんで、この部屋とは向かい側になります」

そう言い、民右衛門は濡れ縁に出て、向かいを指さした。庭木の向こうに部屋がある。ここから、部屋に入って来る人間の顔が見える。

ちょうどよい場所だった。

「わかりました。奉公人の方には、私のことにかまわぬようにお伝えください。旅芸人の一行が到着したら教えてください」

栄次郎の頼みを、民右衛門は口をはさむことなく聞いてくれた。

「それでは、どうぞごゆるりと」

何か問いたげだったが、民右衛門はそのまま引き上げた。

栄次郎はひとりになると、もう一度、屋敷内の間取りを思い出した。もし、大黒屋三太夫がこの屋敷に侵入するとなると、裏手にある石垣に縄梯子を垂らし、上って来るのではないかと思った。

旅芸人の一行の荷の中に、縄梯子が入っているに違いない。

「ごめんくださいまし」

部屋の外で声がした。

「どうぞ」

障子が開いて、お咲が入って来た。

「栄次郎さま。いらっしゃいませ」

お咲は明るく言う。

「このお花、お咲さんですね。きれいです」

一輪挿しを指さす。

お咲は恥じらいながら、

「お目にとまってうれしいです」

と、切れ長の目を向けた。その仕種にふとお露の面影を見つけた。

「栄次郎さまはこれから伊勢に向かわれるそうですね」

民右衛門から聞いたのであろう。

「はい」

「新内語りの春蝶さんに会いに行くのだとお聞きしましたが」

「でも、ほんとうに伊勢にいるかどうか、はっきりしないのです。ただ、春蝶さんに似ている新内語りに会ったという話だけで。でも、春蝶さんがこちらにお寄りになったということで、伊勢にいるかもしれないという気を強くしました」

栄次郎は自分に言い聞かせるように言った。

「春蝶さんとはどのような間柄なのですか」

「あの声に惚れたひとりです。春蝶さんは、大師匠から破門され、ひとりで放浪を続けていますが、あれほどの名人はいないと思っています」

「ええ。私も、あの声を聞いたときには胸が締めつけられるようになりました」

ここにも春蝶を認めるひとがいると思うと、栄次郎はうれしくなった。

「あなたも、何か芸事をなさるのですね」

「私はお琴と横笛を少々。でも、三味線の音が好きです」

お咲の目が輝いている。

「私も、もう一度、春蝶さんの声を聞いてみたいですわ」

「私は春蝶さんを江戸に連れて帰りたいのです。もし、春蝶さんを見つけられたら、帰りに、こちらにお寄りいたします」

「ほんとうでございますか」

「ええ」

「うれしい」

お咲は無邪気に喜んだ。

そのうち、賑やかな声が聞こえた。

「あら、芸人さんたちが来たのかしら」

お咲が耳を澄ました。

「行かなくては。栄次郎さま、また」

そう言い、お咲は部屋を出て行った。

栄次郎はすぐに庭の見える場所に移った。向かいの部屋に目をやる。

やがて、幾つかのひと影が目に入った。向かいの部屋の窓に、男の横顔が横切り、女の後ろ姿が見えた。

その女は振り向いた。栄次郎はさっと姿を障子の陰に隠した。

残像の顔は、お染だった。

その日の夕方から、親戚筋の者たちも続々と屋敷に詰め、奉公人たちも大広間に集まった。

やがて、三味線や太鼓の音が、この小部屋にも聞こえてきた。そして、お染の唄がはじまった。

もうひとりの女が踊りを披露しているのだろう。

やはり、お染は大黒屋三太夫の仲間だったのだ。だが、仲間から抜け出たい。それが、お染の本心ではないのか。

土地の民謡から長唄などを演じている。

そして、突然、栄次郎はあっと叫びそうになった。

秋の夜は長いものとはまん丸な
月見ぬひとの心かも
更けて待てども来ぬひとの
訪ずるものは鐘ばかり
数うる指も寝つ起きつ
わしや照らされているわいな

なぜ、『秋の夜』を、お染は演じたのか。

まさか、この屋敷内に栄次郎がいるのを知っていてのことかと、疑った。しかし、お染が知るはずはない。

お露の面影が脳裏を掠め、栄次郎は胸が張り裂けそうになった。

大広間が静かになった。

宴席になったのであろう。民右衛門の家族や親戚の者たちが、旅芸人たちを囲んでの宴席で、奉公人たちはみな、台所で夕飯をとった。

栄次郎も台所で、奉公人たちといっしょに夕飯を馳走になり、早々と小部屋に戻った。

宴席からは、お染の唄う端唄や都々逸が聞こえてきた。

第四章　伊勢の夜明け

一

夜は更けていく。遠く鳴る鐘の音は真夜中の九つ（午前零時）だ。

栄次郎は真っ暗な部屋の真ん中でずっと正座をし、心を鎮《しず》めていた。

静寂の中に、微かな物音を聞いた。栄次郎は刀を摑んで立ち上がった。向かいの部屋の様子を窺う。

誰かが出て行ったような気配だ。栄次郎は廊下に出た。雨戸の隙間から外を窺う。やはり、男が縄梯子を持って石垣のほうに向かった。

栄次郎はそのまま民右衛門の部屋に行った。その襖の前でしゃがみ、

「民右衛門どの」

と、栄次郎は声を抑えて呼びかけた。

すぐに内側から物音がし、襖が開いた。

民右衛門が手燭を持って、現れた。

「矢内さま。どうかなさったのですか」

「大黒屋三太夫の押し込みです」

「なに、大黒屋三太夫だと?」

「はい。旅芸人の男が一味です。これから、私が打って出ます。どうか、すぐに安全な場所にお移りを」

栄次郎はすぐに庭に出た。

さっきの男が向かった石垣のところに行くと、すでに続けて賊は上がって来ていた。

「大黒屋三太夫一味か」

栄次郎は大音声《だいおんじよう》を発した。

いっせいに、黒装束の男が顔を向けた。

黒皮の兜頭巾に薄金の面頬、黒羅紗金筋入りの半纏に黒縮緬の小袖。大盗賊の日本左衛門を真似た姿は大黒屋三太夫だ。

「もはや、逃れられぬところ。観念するのだ」

栄次郎は刀の鯉口を切った。

「おのれ」

右脇にいた侍が抜き打ちに襲って来た。栄次郎は腰を落とし、剣を抜いた。田宮流抜刀術の名人である栄次郎の剣は、相手の胴を払った。

さらに、続けて上段から斬り下ろしてきた賊の小手を斬った。たちまち、ふたりの男が倒され、大黒屋三太夫はかっとなったのか、剣を抜き、強引に斬りかかって来た。栄次郎は飛び退いて避けたが、すかさず逆袈裟に斬りつけた。剣は唸りをあげて風を切った。

栄次郎は剣を鞘に納め、居合腰で大黒屋三太夫と対峙する。

そのとき、石垣の下で騒ぎが起こった。どうやら、町奉行所の捕り方が駆けつけたらしい。

大黒屋三太夫はその騒ぎを意に介さず、栄次郎への怒りに燃えているようだった。足を踏み込み、凄まじい気迫で上段に構え、突進して来た。栄次郎も足を踏み込みながら剣を抜く。栄次郎の剣が相手の剣を跳ね返した。だが、相手は立て続けに攻撃して来た。上段からの斬り下ろし、次に逆袈裟、さらに袈裟斬りと、休む間もなかった。

栄次郎は防戦一方だった。だが、相手の剣を跳ね返しながら、だんだん、相手の剣の動きが鈍くなったのを感じ取った。

相手が下がって青眼に構えを直す瞬間をとらえ、栄次郎は脱兎の勢いで大黒屋三太夫に突進した。そして、跳躍してから、剣を上段から斬り下ろした。

栄次郎の動きを悟るまで、相手に一瞬の遅れがあった。その一瞬の遅れが命取りだった。栄次郎の剣は相手の眉間を斬り裂いた。

その瞬間、一味の者の動きが止まった。視線が大黒屋三太夫に注がれた。一味の者にとっては信じられないものを見るような出来事だったかもしれない。

大黒屋三太夫が仰向けに倒れたのだ。

大黒屋三太夫がやられて、一味はすでに浮足だっていた。外では、捕り方の無数の提灯が取り囲んでいる。

「もうじたばたしても無駄だ」

栄次郎は残った賊の三人を威嚇した。

そこに、小幡源五郎が門から駆け込んで来た。

「矢内どの。ごくろうでござった」

「手下のほうは？」

「十数名、皆捕縛した」

「そうですか」

「大黒屋三太夫はあれですか」

小幡源五郎は倒れている兜頭巾の侍のところに行き、しゃがんで頭巾を取った。源五郎の手の者が提灯の明かりを照らす。

沼津宿を出たあとで声をかけてきた原田三十郎と名乗った男だった。

「小幡さま。あとはお願いいたします」

栄次郎は小幡源五郎にあとを任せ、民右衛門のところに行った。傍らに、お咲がいた。

「大事ありませんか」

「だいじょうぶです。おかげで助かりました」

民右衛門はほっとしたように答えた。

「旅芸人の一行は？」

「あっちで取り押さえてあります」

栄次郎はそのほうに向かった。

土間にお染たちが屈強な奉公人たちに取り囲まれていた。

栄次郎が近づくと、奉公人たちが栄次郎に会釈をした。

お染が目を瞠って栄次郎を見ていた。栄次郎はお染のそばにしゃがんだ。

「いいですか。あなたは何も知らなかったということで通すのです。知らずに利用されていたと。私も口添えします。いいですね」

栄次郎は口早に言った。

「いいんです」

お染が言った。

「私ももう覚悟をつけています。さんざん、恐ろしいことをしてきたんです。いつか、こういう日が来ると思っていました」

「お染さん。何を言うのだ。あなたは、まだ若い。これからやり直すことだって出来るのです」

「いいえ、もうこの手も汚れています。それに」

お染は言いよどんでから、

「私は、大黒屋三太夫の情婦でしたから」

と、一気に言った。

「お染さん。あなたは騙されたんだ」

「お志はありがたくお受けいたします。でも、他の仲間を裏切り、自分だけ助かろうなどとは思いません」

すぐ傍で、旅芸人の姿をした仲間が悄然としている。

「あなたは、教えてくれたんでしょ」

「教えようとしました。でも、言えませんでした。ですから、あなたさまの姿を見たときにはとても驚きました」

「いえ。あなたが教えてくれたんです。岡崎だと。だから、私はこの庄屋屋敷に目をつけることが出来たのです」

お染は悲しげに首を横に振った。

「私はあなたが思っているような女ではありません。大黒屋三太夫の情婦のむささびのお銀と異名をとった女です」

「お染さん」

栄次郎はやりきれないように声をかけた。

小幡源五郎がやって来た。

「この者たちですね、仲間は」

「そうです」

お染を助けることが出来ず、栄次郎は無念そうに言った。

お染たちは引き立てられて行った。

「小幡さま」

栄次郎は呼び止めた。

「じつを言うと、そこのお染という女が大黒屋三太夫がここを狙っていると、それとなく教えてくれたのです。どうぞ、そのことを考慮してやってください」

「そうですか。わかりました」

そう答えてから、

「矢内どのも、明日、奉行所にお顔をお出し願えませんか。大黒屋三太夫を捕まえたお手柄のこともありますし」

「いえ。お手柄は、私ごときの話を信じてくれた小幡さまにあると思います。私たちは、明日早立ちするつもりなのです」

「しかし、それでは……」

「いえ、民右衛門さんにもお話ししておきます。すべて、小幡さまの働きにて大黒屋三太夫を捕まえたことにしてください」

「かたじけない」

小幡源五郎は礼を言い、一同を指揮して引き上げて行った。

新八が近寄って来た。

「栄次郎さん。うまく片づいてよかったですね」

「新八さんもご苦労さまでした」

「賊の姿が見えたので、急いで奉行所に駆けつけたら、すでに皆、支度して待っててくれたんですよ」

「そうですか」

やはり、将軍の印である御朱印が手形に押してあったことが、小幡源五郎を動かしたのであり、自分の力ではないのだ。

栄次郎は、またも自分以外の権威を利用したことに忸怩たる思いがした。

「矢内さま」

民右衛門が改めて声をかけて来た。

「改めてお礼を申し上げます。まさか、旅芸人が大黒屋三太夫の一味だったとは思いもよりませんでした。大黒屋三太夫は押し入った先の住人を皆殺しにするという残虐非道な盗賊。今、思い返してもぞっといたします」

民右衛門がくどいほど礼を言う。

「いえ。何事もなくて、不幸中の幸いでした」

「明日は早立ちなのですか」

「はい。申し訳ございませんが、私と連れを一泊させてくださいますか」

「もちろんですとも」

その夜、栄次郎と新八は庄屋屋敷に世話になって、翌日、旅立った。

「帰り、お待ちしております」

お咲が寂しそうに言った。

「ええ、必ず」

栄次郎はお咲に約束をし、民右衛門らに見送られて、さらに西に向かった。

二

岡崎から二里三十丁で池鯉鮒《ちりふ》。そのまま素通りし、先を急いだ。

幾つかの立場を過ぎた。

「この近くに桶狭間《おけはざま》がありますよ」

新八が教えた。

「織田信長が今川義元を破ったところですか」

「そうです。これから、有松ってところを通りますが、有松絞りの染の産地ですよ。結構、上り下りの旅人が買い求めて行くようです」

格子造りの商家の暖簾が有松絞りだった。お店が幾つも並んでいる。

「土産《みやげ》にいいかもしれませんよ。おゆうさん、お秋さんたちに」

新八が笑った。

昼頃に、鳴海《なるみ》宿に到着した。そこの一膳飯屋で昼食をとり、さらに先を急いだ。

「栄次郎さん。きょうは宮で泊まりませんか」

途中、新八が言った。

「これから船に乗ったって、桑名に着くのは夜になっちまいますよ」

宮から桑名まで船に乗らねばならない。七里の渡しである。およそ、二刻（四時間）の船旅になる。

もちろん、船を避けて、陸路を行くことも出来るがだいぶ遠回りになる。

「そうですね。宮に泊まりましょうか」

「ええ。そうしましょう」

新八はうれしそうに言った。

宮は熱田神宮のあるところで、略して宮といった。陽の高いうちに宮の宿場に着き、旅籠に落ち着いた。

宮の宿は旅籠は二百五十軒近くあるという。

茶を飲んでしばらく休んでから、栄次郎と新八は外に出た。

途中に、名古屋・佐屋街道への分かれ道があった。名古屋は東海道の宿駅ではなく、宮から分岐して行く。

佐屋街道は宮から桑名までの七里の船旅を避けて行く道である。

熱田神宮にお参りをし、その夜は新八といつもよりたくさん酒を呑んだ。

「いよいよ、栄次郎さんとお別れするときが近づいて来ました」

新八がしんみり言う。

「ねえ、栄次郎さん。明日は四日市でもう一泊しませんか」

「いいですよ」

「ありがたい。栄次郎さんとお別れするとなると、なんだか、急にこの辺りが切なくなってきましてね」

新八は自分の胸を抑えた。

新八の生まれ故郷の信楽は、草津から入るのだ。伊勢街道は四日市の先から分岐している。

そこまでは新八といっしょだが、新八はそのまま東海道を西に向かうのだ。

「私も新八さんと別れるとなると心細い」

栄次郎も素直に言った。

「なんなら、伊勢までお供しましょうか」

「いけません。せっかく、ふた親のお墓参りに来たんです。ここまで来て、足を向けなくては罰が当たりますよ」

「そうですね」

新八は寂しそうに笑った。

「新八さん。お墓参りが終わったあと、どうするつもりですか」

新八の父親は信楽焼きの焼物師だったという。

「いえ、まだ、はっきりとは考えちゃいません。墓参りが済んでから、これからのことを考えようと思っています。江戸を発つときは京か大坂にでも行ってみようかとも思ったんですが……」

「江戸に帰りませんか」

「ええ。何年か経ってほとぼりが冷めたら帰りたいと思っていますが……」

新八は暗い顔になった。

「きっとだいじょうぶですよ。なんとかなります。その代わり、もう足を洗ってください。二度と、お屋敷には忍び込まないと約束をしてください」

「ええ。あっしも歳なんでしょうね。若い頃のようにはいきません。足を洗う頃だと考えていた矢先にどじを踏んでしまったんです」

「じゃあ、約束です。二度と盗みはしないと」

「はい。そのことはお約束します。それはそうとして、奉行所にも目をつけられてしまいましたから、江戸に帰るのは難しいでしょうね」

「なんとかしてみます」

栄次郎はここでも岩井文兵衛を頼っている自分に気づいた。

「栄次郎さんの気持ちだけでもうれしゅうございますよ」

新八は目尻を拭った。

「こうしましょう。たぶん、新八さんがお墓参りをして帰るほうが早いと思います。岡崎で待っていてくれませんか。帰り、私は矢作の庄屋民右衛門さんのところに寄るつもりでいますから」

「わかりました。栄次郎さん。このとおりです」

新八は頭を下げていた。

翌日、七里渡船場から船に乗った。四十人乗りの船はいっぱいだった。帆を上げた船は伊勢湾の沿岸を桑名に向かった。

桑名に近づくと、左手に桑名城が見えて来た。

桑名の川口湊に上陸すると、伊勢神宮の一の鳥居が目に入った。ここから伊勢街道がはじまっているのだ。実際には、このまま東海道を進み、四日市の追分から伊勢街道と分かれる。

桑名を過ぎ、四日市に入った。町の中を行き、川を渡ると、旅籠が並んでいた。呼び込み女に誘われて、まだ明るいうちに旅籠に入った。

往還に面した二階の座敷に通された。窓の下を、旅人が行き過ぎていく。

だんだん、新八の口数が少なくなってきた。いよいよ新八とは最後の夜だ。

「江戸の皆さん、どうしているんでしょうね」

夕飯のとき、新八が目を細め、江戸を思い出して、

「相変わらず、師匠のところで稽古に励んでいるんでしょうね」

つい、栄次郎は自分の右手を見た。

「私も久しく撥を握っていません」

三味線の稽古は一日でも休むと腕は落ちる。そのことを思うと、焦りにも似た気持ちになるが、かといって、今はまだ三味線を弾く気にはなれなかった。

母や兄はどうしているだろうか。兄は、深川の娼妓のところに通っていることだろう。岩井文兵衛も薬研堀の料理屋で、端唄を楽しんでいるだろうか。

栄次郎は妙に感傷的な気持ちになった。

「栄次郎さん。おかげで、きょうまで楽しく旅してこれました。このとおりです。ありがとうございました」

急に、新八が改まった。

「何をおっしゃいますか。それは私のほうの台詞《せりふ》です」

栄次郎も改まって、

「新八さん。ありがとう」

と、頭を下げた。

「そんな。もったいないことで」

遠くから、嬌声が聞こえた。この宿場にも公認の遊女がいて、近在の若者なども集まって賑やかだ。

それに、伊勢講の団体がだいぶ泊まっているらしい。

「新八さん。きのうの話。いっしょに江戸に帰りましょう」

「ええ、きっと墓参りを済ませたら、岡崎に行って待っています」

新八は約束した。


翌朝、陽が出る前に、栄次郎と新八は旅籠を出立した。前を、町人の伊勢講の団体が行く。この時期は農繁期で、百姓の伊勢講はいないようだ。

薄暗い中を追分まで行くと、だんだん東の空が明るくなってきた。

伊勢街道との分かれ道に差しかかった。大鳥居があり、二ノ鳥居だ。常夜灯に明かりが灯っていた。

「新八さん。しばしのお別れですね」

栄次郎は新八の顔を見た。新八はこのまま東海道を西に行く。草津まで、およそ二十里。栄次郎は伊勢街道を内宮まで、約十六里。

「では、新八さん。お気をつけて」

「栄次郎さんも」

途中で、振り返ると、まだ新八は見送っていた。

いよいよひとりになった。

春蝶を探さねばならないのだと、栄次郎は気を引き締めた。

伊勢路に入ると、やたらと伊勢講の団体が目についた。ほとんどが数人連れか団体で、ひとり旅の者は少ない。

後ろから笠をかぶった行商人らしい男が歩いて来るだけだ。

その夜は松坂に泊まり、翌日の昼頃に、栄次郎は宮川の渡しで船に乗り、伊勢神宮の外宮のある山田に着いた。

栄次郎は昼食をとったあと、参拝に向かった。

北御門から入り、火除橋を渡る。すぐ左手にある手水舎《ちょうず》で、手と口をすすいだ。先に進み、一ノ鳥居をくぐり、さらに行くと二ノ鳥居をくぐる。栄次郎は刀を腰から外した。

右手に神楽殿が見えてきた。ここはお神楽が行われるところだ。ここに御札授与所もあり、御札やお守りをいただく。

荘厳な雰囲気に包まれながら、栄次郎は玉砂利を踏み、鬱蒼とした樹木の中を正宮に向かった。

外宮は豊受大神《とようけのおおかみ》を祀ってある。天照大神《あまてらすおおみかみ》の食事係を司《つかさど》る神で、米などの衣食住の恵みを与えてくれるという。

栄次郎が驚いたのは正殿の横に同じぐらいの敷地が用意されていることだ。古殿地という。二十年に一度、正殿を新築し、御神体を移すのだ。

末社を参拝したあと、栄次郎は刀を腰に差し、古市に向かった。外宮と内宮まで一里以上離れており、その途中に、古市がある。

古市は江戸の吉原、京都の島原と並ぶ三大遊廓のひとつであり、遊廓が七十軒以上、遊女も千人を数え、芝居小屋や見世物小屋もあり、大道芸人もいて、伊勢参りの精進落としをするひとたちで大いに賑わっている。

春蝶はここにいるのだと、栄次郎は考えた。

大きな遊廓が出て来た。こういう場所に春蝶が招かれるかどうかわからない。その遊廓から、三味線に乗せて唄声が聞こえて来た。伊勢音頭だ。

伊勢は　津で持つ　津は伊勢で持つ
尾張名古屋は　城で持つ
伊勢に行きたい　伊勢路が見たい
せめて一生に　一度でも

芸者衆が唄っているのだろう。

そこを離れ、芝居小屋の前を通った。幟《のぼり》には、羽村市《はむらいち》左衛門《ざえもん》の名。絵看板には、羽村市左衛門扮する弁慶の絵。

ここで修業を積んで、江戸・京・大坂の三都の大舞台に立つことが伊勢歌舞伎の役者の出世だと聞いたことがある。

そこの向かいには浄瑠璃を演じる小屋があった。だが、新内語りがここの舞台に立つことはないように思えた。

おそらく、春蝶は門付けでしか語らないのではないか。

ひと回りしてから、栄次郎は目についた『美福屋』という小さな旅籠に入った。なだらかな坂の途中にある。

「どうもお疲れさまでございます。さあ、どうぞ」

「三日ほど、お世話になります」

栄次郎は亭主に言った。

「はい。ありがとう存じます」

福々しい顔の亭主は愛想笑いを浮かべた。

「大きな遊廓で伊勢音頭が聞こえてきました」

栄次郎が言うと、亭主はにやりとし、

「芸者が唄っているんですが、大勢の遊女が派手な衣装を着て、輪になって踊るんです。酒を呑みながら客はその輪の中からお気に入りの妓を選ぶんですよ」

足を濯ぎながら、亭主の話を聞いた。

「それは派手ですね」

栄次郎は感嘆した。

「お侍さまもどうですか」

「いや。私は……」

栄次郎は女中の案内で二階の部屋に通された。

「この町に門付けの新内語りが来ますか」

「ええ、年寄りの芸人さんがときたま流していますよ」

「どんな新内語りか、見たことはありますか」

「とても気難しい芸人さんで、気に入らない客にはいくらお金を積まれても語ろうとしないんです」

春蝶に間違いないと、栄次郎は思った。

「来るとしたら、夜ですよ」

「どこから来るのか、わかりませんか」

「さあ、そこまでは」

女中は去って行った。

栄次郎はひとりになってから窓辺に立った。ふと、窓の下を笠をかぶった行商人らしい男が通って行った。伊勢路に入ったとき、後ろを歩いていた男のようだった。

「失礼します」

さっきの女中がやって来た。

「すみません。宿帳をお願い出来ますか」

そう言って、分厚い宿帳を差し出した。

名前を書き終わったあと、女中が思い出したように言った。

「近くの間《あい》の山の集落では、大道芸人たちが芸を見せているんですよ。三味線を弾いたり、踊りを見せたりして銭を取っているんですよ」

「ほう」

春蝶がそんな場所では芸を披露するとは思えないが、栄次郎は散歩がてら、そこに行ってみようと思った。

宿帳を渡してから、栄次郎は女中といっしょに部屋を出た。

間の山の場所をきいて、外に出た。色街の華やかさがある。

古市の中心から離れてしばらくして三味線の音が聞こえてきた。その音を頼りに足を向けると、通り沿いに、大道芸人たちが並んで、踊りを見せたりしていた。

三味線を弾いていたのは若い女ふたりで、土地の唄を弾いているようだった。客がおもしろがって投げる銭をうまくよけながら三味線を弾いていた。

栄次郎は引き返した。春蝶はこういった場所では新内を語らないと思った。

引き上げようとしたとき、ふと誰かに見つめられているような気がした。栄次郎は辺りをさりげなく見まわしたが、怪しい者はいなかった。

気のせいか。栄次郎はそう思い、旅籠に戻った。

夕食前に風呂に入り、出てくると、夕飯の支度が出来ていた。

きのうまでは新八とふたりで食べたのに、きょうからひとりだ。新八はきょうはどこに泊まっているか。

関宿は過ぎ、土山宿辺りだろうか。それとも、もう少し足を伸ばしたか。

夕飯を食べ終えると、栄次郎は宿を出た。町中を歩きまわってみようとしたのだ。

どこかから、春蝶の糸の音が聞こえてくるかもしれない。

あちこちから伊勢音頭が聞こえ、賑やかだった。途中で見かけた伊勢講の団体も、どこかの遊廓に上がって、今頃は伊勢音頭を踊る遊女を鼻の下を伸ばして眺めていることだろう。

一杯呑み屋も幾つかあり、その前を行き過ぎたが、門付け芸人はまだ現れていないようだった。

その夜は諦めて、宿に引き上げた。

三

翌日、栄次郎は内宮へ向かった。

五十鈴川《いすずがわ》にかかる宇治橋を渡る。入口と出口に鳥居が立っている。内宮の後背に、樹木の緑の深い山々があり、いよいよおごそかな雰囲気に包まれた。参道の白い玉砂利を踏みながら、奥へと進む。不思議なことに、心が洗われ、心の奥にあった重しがとれ、軽くなっていくようだ。お露とのことが遠い過去のものになっていく。そんな気がしてきた。

内宮は天照大神が祀られている。正殿の前に立ち、栄次郎は柏手を打った。

参拝して振り返ったとき、かなたに腰を丸め、こちょこちょ歩いて行く小柄な年寄りを見つけた。

(春蝶さん)

栄次郎はすぐに追いかけた。だが、大勢の参拝客に邪魔をされて、思うように男を追うことが出来なかった。

神楽殿の傍までやって来た。辺りを見まわしていると、神馬がいる御厩《おうまや》のほうに男を見つけた。

だが、途中で見失った。御厩の近くまで行ったが、どこにも男の姿はなかった。

果たして、春蝶だったかどうか。あるいは、幻を見たのかもしれない。なぜか、春蝶が俺を探してくれと呼んでいるように思った。

栄次郎は古市に戻った。

そして、大きな料理屋の玄関を入り、出て来た女将のような女に、

「客ではないんです。ひとを探しているんです」

と、訊ねた。

「新内語りの春蝶というひとです。小柄な年寄りです」

「春丸《しゅんまる》さんじゃないかしら」

女将は小首を傾げた。

「春丸さん？」

「ええ、小柄な年寄りの新内語りなら春丸さんだわ。ときたま、お客さんに呼ばれて座敷に上がることがあるわ。かんのきいた声の語りは天下一品だわ」

「春丸さん。どこに住んでいるかわかりませんか」

「はっきり言わないけど、隣り村からここまでやって来るみたいね」

「隣り村？」

「ええ。そこから、ここまで一里近い道程《みちのり》をやって来るんです」

「今夜あたり、やって来るでしょうかねえ」

「それが……」

「何かあったのですか」

栄次郎は女将の言い方に不安を覚えた。

「春丸さんはね、変哲なところがあるでしょう。いつだったか、ここの歌舞伎役者の羽村市左衛門さんの座敷に呼ばれたとき、市左衛門さんの芸をぼろくそに腐したんですよ。それでは、三都じゃ通用しませんとね」

羽村市左衛門はさっき芝居小屋の絵看板で見た役者だ。

本人を目の前にして、芸のことをぼろくそに言うのは春蝶しかいない。

「それを根に持って、市左衛門さんは、ここの顔役で、古市の銀蔵《ぎんぞう》っていう親分がいるんですけど、その親分に春丸を門付け出来ないようにしてやれと言ったそうです」

「古市の銀蔵？」

「ええ。子分が三十人もいて、賭場を開いているんです。春丸さん、見つかったら、どうにかされてしまうんじゃないかって心配なんです」

「そうですか。私は、『美福屋』という旅籠に泊まっている矢内栄次郎と申します。もし、春蝶、いえ、春丸さんが見えたら、声をかけてもらえないでしょうか」

「わかりました」

「では、お願いいたします」

栄次郎はいったん、宿に帰った。

「お帰りなさいまし」

亭主が出迎えた。

「古市の銀蔵という親分がいるそうですね」

栄次郎はきいた。

亭主は微かに眉を寄せ、

「はい。地廻りですよ。私のところのような小さな旅籠にもやって来ます。まあ、何か問題が起きたら駆けつけてくれることになっているのですが……」

「金を払っているわけですか」

「はい。払わないと、どんないやがらせをされるかわかりませんからね。何年か前に、近くの旅籠の主人が銀蔵の要求を拒《こば》んだところ、手下がその旅籠の前に陣取り、客が入りづらいようにし、とうとう亭主のほうが音《ね》をあげたってことがありました」

「取り締まれないんですか」

「銀蔵の手が伸びていますからね。ただ、金さえ払っていれば、何も問題はないので、どこもそうしているのです」

「そうですか」

古市の銀蔵という男は、だいぶ羽振りをきかせているようだ。

栄次郎は二階の部屋に戻った。

それにしても、春蝶はなぜ、古市に居続けているのだろうか。別れた子どもからは会うのを拒絶され、ここ以外に行き場を失ったのか。

夕飯をとってから、栄次郎は町に出た。きれいな月が出ている。

町中は賑やかだった。遊廓に遊びに行く男客も多い。向こうから着流しの人相のよくない三人連れの男が歩いて来る。真ん中の兄貴分らしい男は胸をはだけ、すれ違う男たちの顔を無遠慮に見た。傍若無人な態度だ。

栄次郎は三人連れの脇をそのまますれ違った。三人の視線が顔に当たるのがわかった。栄次郎は無視して行き過ぎる。

三味線の音が聞こえてきたが、土地の民謡だ。新内独特のやるせない調べではない。春蝶はひとりで門付けをしているらしい。ひとりでは二丁三味線のように心を揺さぶる音は出ないだろう。

また、大きな遊廓の前に出た。二階の大広間では宴会が開かれているのか、賑やかな伊勢音頭が聞こえてきた。

男の卑猥な声。女の下卑た笑い。これが、伊勢参りのもうひとつの楽しみなのだ。

いつしか賑わいから離れていた。ところどころに赤提灯の明かりが揺れている場所に出た。

ふと、足を止め、栄次郎は耳を澄ました。糸の音が聞こえる。新内流しの調べだ。

栄次郎は糸の音のほうに駆けた。が、途中で、糸の音が遠ざかった。路地を曲がって走ると、糸の音は近づいて来た。

が、またも糸の音が聞こえなくなった。耳を澄ます。だが、二度と聞こえない。栄次郎は焦った。

辺りを走りまわった。

ふと、暗がりに何か落ちているのがわかった。三味線だ。栄次郎はそれを拾った。

「春蝶さん」

春蝶の三味線だと直感した。

栄次郎は三味線を持って夜の道を走った。人気《ひとけ》のないほうだと見当をつけ、暗がりに向かった。

寺の山門前に出た。その裏手のほうからひと声が聞こえた。

栄次郎はそっちに向かった。寺の裏手の暗がりに、三人のひと影が見えた。いや、三人の陰に、もうひとりいる。

三人が小柄な男を取り囲んでいるように見えた。

「待て」

栄次郎は駆けながら叫んだ。

「なんだ?」

三人が振り返った。

駆けつけると、さっきすれ違った遊び人ふうの三人だった。いずれも、顔だけで相手を威圧するほどの獰猛《どうもう》な顔をしている。

栄次郎は三人を無視して、しゃがみ込んでいる小柄な男を見た。

「春蝶さん」

覚えず、栄次郎は駆け寄った。

「まさか。あんたは栄次郎さん」

春蝶が顔を上げた。

「やい。よけいなところに出て来やがって」

男が怒鳴った。

「春蝶さん。これを」

持っていた三味線を春蝶に返し、栄次郎は改めて男たちに向かった。

「このひとは私の知り合いです。どうぞ、お引き取りください」

「なんだと」

兄貴分の男がにやりと笑った。

「お侍さん、引っ込んでいてもらいましょう。この男は、俺たちがこらしめてやらなきゃならないんでね」

「どういう理由でそんなことをするのですか」

「掟破りですよ。勝手に、この界隈で商売をしている」

男は懐に手を突っ込んだまま言う。

「どんな掟か知りませんが、あなたたちが勝手に作った掟なら、こっちには関係ない。さあ、引き上げてもらいましょうか」

栄次郎は春蝶に顔を向け、

「さあ、行きましょう」

と、声をかけた。

「お侍さん。後悔することになりますぜ」

兄貴分が口許を歪め、他のふたりに目配せをした。

いきなり、ふたりは匕首《あいくち》を抜き、栄次郎に突っかかって来た。栄次郎は軽く身をかわし、相手の腕に手刀を打ちつけた。

男が悲鳴をあげて、匕首を落とした。その間に、もうひとりが匕首を振りかざした。

栄次郎は腰を落とし、相手の胸に飛び込んで、胸ぐらを摑んで投げ飛ばした。

「野郎」

兄貴分の男が匕首を構えた。

「まだ、やるつもりですか」

栄次郎は兄貴分の男に迫った。相手が後退《あとじさ》った。

「あなたたちは銀蔵親分のところのひとですか。帰ったら、銀蔵親分に伝えてください。新内語りの春蝶、いや春丸は矢内栄次郎が預かったと。二度と、春丸に手を出させないと。いいですか」

「矢内栄次郎だと。覚えていろ」

兄貴分の男がいきなり身を翻した。他のふたりもあわてて匕首を拾って逃げだした。

「栄次郎さん」

春蝶が信じられないような目を向けた。

「ほんとうに、栄次郎さんなのか」

「ええ。春蝶さん。会えてよかった」

「どうして、ここへ?」

「詳しいことはあとで。どこか、怪我はしていませんか」

「いや。だいじょうぶだ」

「ともかく、どこかで落ち着きましょう。そうだ、私の泊まっている宿に来ませんか。さあ」

栄次郎は三味線を持ってやり、春蝶を急《せ》かした。

春蝶の白地に格子縞の着物はすり切れている。だが、歳をとっても、その姿には男の色気が漂っていた。

栄次郎は、春蝶に自分の憧れる理想の姿を見ているのだ。

「さっきの連中は古市の銀蔵の手下なんですね」

「そうだ。前々から、俺に因縁をふっかけて来た。俺が威《おど》しに屈しないので、いよいよ腕ずくで来たんでしょう」

春蝶は言ったあとで、

「でも、危ないところだった。栄次郎さんが来てくれなかったら、俺は殺されていたかもしれねえ」

「春蝶さんはどうしてここに？」

「ここは芝居や浄瑠璃も盛んなところでしてね。いろいろな名人がここから出て行っている。もう一度、ここで修業をしなおそうと思ったんですよ」

「修業ですって」

栄次郎は驚いた。栄次郎から見れば名人の春蝶から修業という言葉が出たからだ。

「芸には行き着くところはない。俺はまだまだ未熟だ」

春蝶は真顔で言う。

栄次郎は返す言葉がなかった。

人通りが多くなって、やがて、旅籠に辿り着いた。

土間に入り、亭主に、

「すみません。知り合いなんです」

そう言って断り、春蝶を部屋に上げた。

「さあ、落ち着いてください。今、お酒を運ばせます」

手を叩いて女中を呼び、栄次郎は酒を頼んだ。

「ここに来て、どのくらいになるのですか」

「一年です。その間、松坂や志摩のほうを行ったり来たりしました」

春蝶は頬もこけ、眼窩が落ちくぼみ、異様な顔つきだが、顔色は悪くなかった。病気もすっかり回復したようだ。

「失礼します」

女中が酒を持って来た。

「ありがとう」

栄次郎は礼を言い、徳利をつまんだ。

「さあ、春蝶さん」

「すまねえ。じゃあ、こっちで」

春蝶は猪口ではなく、湯呑みを摑んだ。

栄次郎はなみなみと注いでやる。こぼれそうになるのを、春蝶は湯呑みに口を持っていって器用に酒をすすった。

「うめえ」

春蝶は続けて喉を鳴らして呑んだ。

全部空けて、春蝶は手の甲で口を拭い、

「久しぶりにうまい酒を呑んだ。栄次郎さんが傍にいてくれるからですよ」

空いた湯呑みに酒を注いでやる。

「春蝶さん。今、どちらに住んでいるんですか」

「間の山の集落の外れですよ。そこに芸人たちが住んでいる小屋がありましてね。雨露を凌ぐだけの貧しい小屋です」

「そこから、ここまで通って来ているんですか」

「ええ」

酒を呑む手を止め、春蝶が栄次郎の顔を見つめ、

「それより、栄次郎さんはどうしてここへ？」

と、思い出したようにきいた。

「春蝶さんに会いに来たんです」

「あっしに？」

「はい」

ふいに、栄次郎の胸に苦い思いが広がった。

「どうしても会いたくなったんです。苦しい胸の内を救ってくれるのは春蝶さんしかいない。いえ、春蝶さんの顔を見れば、きっと気持ちが安らぐ。そう思いました」

「栄次郎さん。何があったのか教えていただけますか」

湯呑みを置いて、春蝶が改めてきいた。

「ええ……」

栄次郎は目を閉じた。すると、瞼の裏にお露の姿が浮かぶ。

「最初は端唄の『秋の夜』なんです」

と、栄次郎は目を開けて言った。

「秋の夜は長いものとはまん丸な月見ぬひとの心かも、という唄ですね」

「はい」

ふと、お露の声が聞こえたような気がした。

「更けて待てども来ぬひとの訪ずるものは鐘ばかり」

栄次郎は次の文句を口ずさみ、そして続けた。

「『秋の夜』を唄って流している門付け芸人がいました。その唄声に惹かれ、唄っている芸人を探しました」

栄次郎はお露との出合いから深く結ばれたこと。だが、お露の兄というのがじつは亭主であり、お露は売笑婦であり、それればかりでなく、殺しを請け負うもうひとつの稼業を持っていたことを話した。

春蝶は皺だらけの顔を深刻そうにして聞いている。

「女と亭主は江戸でひとを殺し江戸を離れるところでした。私はそれでもその女を忘れられず、母や兄を捨て、すべてを捨て、その女に亭主がいるのを承知で、いっしょに江戸を離れようと、板橋宿で待ち合わせをしたのです」

栄次郎はそこで言葉を詰まらせた。

「でも、私は最後の最後で踏み留まりました。そして、そこでその女は私を……」

栄次郎は一気に続けた。

「その女は私を殺そうとした。気がついたとき、私は脇差で女を突き刺していたのです。私はこの手で女を殺したのです」

言い切ったあと、栄次郎は胸の底から突き上げてくるものがあった。

だが、不思議なことに、その激しい感情はいつものように栄次郎を苦しめることはなかった。

目の前で、春蝶が痛ましげな顔をしていた。だが、その皺だらけの顔には、栄次郎よりもっと辛酸《しんさん》を嘗めてきたことを窺わせるものがあった。

春蝶は何も言わない。口では何も言わないが、

「栄次郎さん。それが人生ってものですよ」

と、言っているような気がした。

「それから、私は女のことが忘れられず、何も手につかないのです。心配した兄が旅に出たらどうかと勧めてくれたとき、春蝶さんを思い出したのです」

「私のことを思い出してくれるなんてうれしいかぎりです。栄次郎さん、ほんとうにうれしいですよ」

春蝶はすぐ笑みを引っ込めて、

「でも、栄次郎さん。あっしなんか、何も言うことは出来ませんよ」

と、すまなそうに言う。

「いえ、なんだか、心の中のもやもやがすっきりしたような気分です」

不思議なことに、春蝶にすべてを語ったことで、何かが吹っ切れたような気がした。

「春蝶さん。江戸に帰りませんか」

栄次郎が言うと、春蝶は目を細めた。その目は遠い江戸に思いを馳せたかのようだ。

「江戸で、もう一度、やり直しませんか」

「無理ですよ。江戸には、私が語る場がない」

「音吉さんが言っていました。大師匠の許しが出たそうです」

「許し？」

「はい。だから、昔のように、富士松春蝶として江戸で語ることが出来るんです。いっしょに帰りましょう」

「いや」

春蝶は首を横に振った。

「あっしはここで骨を埋めようと決めたんです。今さら、江戸には帰れません」

「ここでは銀蔵一家の者に何をされるかわかりませんよ」

「ええ」

春蝶は暗い顔をした。

「料理屋の女将さんから聞いたのですが、春蝶さんは歌舞伎役者の羽村市左衛門の芸をけなしたそうですね。その羽村市左衛門と銀蔵は親しい間柄だそうじゃありませんか」

「あの羽村市左衛門は少し天狗になってました。若く、顔もよく、有望な役者だけに惜しい。ここではちょっと騒がれたといっても、まだまだ芸は未熟です。本人はそれに気づかず、勘違いをしているので、はっきり言ってやったんです。今のままじゃ、江戸や大坂では通用しませんとね」

春蝶は手酌で酒を注いでから、

「あっしの言葉を聞くと、羽村市左衛門は真っ青な顔になっていた。そのことを恨みに思って銀蔵に訴えるなんて情けないものです。そんなことをしたって、芸がうまくなるものではないのに」

「明日、銀蔵に会って来ます」

栄次郎が言うと、春蝶は目を丸くした。

「栄次郎さん。銀蔵に会ってどうするんですか」

「羽村市左衛門さんに対する春蝶さんの気持ちを伝えるんですよ。そしたら、春蝶さんに乱暴することをやめるかもしれません」

「どうでしょうか。銀蔵はそういうことがわかる人間かどうか」

春蝶は小首を傾げた。

「ともかく、明日、会ってきます。このままではどうにもなりませんから」

「栄次郎さん。どうしてそこまでするのですか」

春蝶は不思議そうにきいた。

「そうしないと、春蝶さんがいつまでもあの連中につきまとわれるでしょう。それに、羽村市左衛門にとってもよくないじゃないですか」

「栄次郎さんはほんとうに不思議なおひとだ」

春蝶が感心したように言う。

「そうですか」

「そうですとも」

春蝶が笑った。

「春蝶さん。今夜はここで泊まってください。江戸に帰ることについては、別にお話ししましょう」

春蝶の返事もきかず、栄次郎は手を叩いて女中を呼んだ。

四

翌日の昼前。栄次郎は春蝶といっしょに宿を出た。

いっしょに行くというので、春蝶を伴い、栄次郎は銀蔵の家を訪ねた。宿の亭主から場所を聞いて来たが、町外れの土間の広い家だった。

この家の大広間では公然と賭場が開かれているということだ。

栄次郎が土間に入ると、若い男が急に大声を出した。

「てめえ、きのうの侍だな」

「おや。そういえば、きのうのおひとだな」

栄次郎は顔を思い出した。確か、投げ飛ばした男だ。

「何しに来やがったんだ」

「銀蔵親分に会いたい」

「なんだと」

その騒ぎに、奥から兄貴分らしき男が若い者を従えて飛び出して来た。

「どうしたんだ？　やっ、てめえはきのうの……」

「春丸さんもいっしょだ。銀蔵親分に会いたい」

「親分になんの用だ」

若い者が土間に駆けおり、栄次郎と春蝶を取り囲んだ。

「争いに来たのではない。落ち着きなさい」

栄次郎は穏やかに言う。

「かまわねえ。やっちまえ」

兄貴分の男が憎々しげに命じた。

いきなり、若い男が匕首を構えて飛びかかって来た。栄次郎は軽く身をかわし、匕首を持った男の手首を摑み、腰を落として投げ飛ばした。

匕首が宙を飛び、兄貴分の男の足元に突き刺さった。

「やれ。やっちまえ」

兄貴分の男が頭に血が上ったのか、逆上気味に叫んだ。

奥から応援も駆けつけ、十人近い荒くれ男が匕首を構えて栄次郎を取り囲んだ。

「春蝶さん。後ろについていてください」

栄次郎は注意を与え、

「手加減しませんよ。怪我をしてもいいと思うなら、かかって来なさい」

と、刀の鯉口を切った。

男たちの目に驚愕の色が浮かんだ。

「まず、親兄弟、身内のいないひと。出て来なさい。泣く者がいないのであれば、私も気兼ねなく斬ることが出来る」

そう言いながら、男たちをねめまわす。

「さあ、かかって来なさい。来ないなら、こっちから行く」

栄次郎が一歩足を踏み出すと、男たちはあわてて後退った。完全に浮足だっている。

「待て」

大きな声がした。

入口にひと影が差した。顔を向けると、体のでかい浪人が立っていた。袴姿で、目が大きく、無精髭を生やし、豪傑ふうな侍だ。

「旦那」

兄貴分の男がほっとしたように浪人のところに駆け寄り、

「旦那。この侍をやっちまってくれ。俺たちの邪魔をしやがる」

と、訴えた。

「よかろう」

浪人はゆっくり栄次郎の前に出た。

「おい、若いの。外に出るか。それともここでやるか」

地に響くような太い声だ。

「どちらでも」

栄次郎は平然と言う。

「なんだと」

浪人の顔色が変わった。あまりに栄次郎が落ち着きはらっているからであろう。虚《こ》仮威《けおど》しがきかなかったことで、当てが外れたようだ。

「私は何も争うつもりで来たのではない。銀蔵親分に話があって参った。だが、挑まれた闘いには逃げるわけにはいきません。田宮流抜刀術、行きますぞ」

栄次郎はわざと大仰に言い、腰を落とし、刀の柄に右手をかけ、居合に構えた。

「待て」

浪人があわてて言う。

「ここでは狭い。場所を変えよう」

浪人は臆していた。

「いや。私は銀蔵親分に会いに来ただけ。決闘をしに来たのではないので、場所を移してまではやりません。ここで結構」

栄次郎は居合腰で浪人に迫った。

「どうぞ、刀をお抜きください。なれど、抜いたときが最後。私の剣が勝つか、あなたの剣が勝つか」

「待て。待つのだ」

浪人は腰が引けている。

「旦那。どうしたんですかえ」

兄貴分の男がいらだって言う。

「出来る。この男は強い。だめだ」

浪人はあっさり兜を脱いだ。

「旦那」

「おい。誰か親分に話をつけてきてやれ。そうでないと、皆殺しにされてしまうぞ」

浪人が威した。

兄貴分が傍にいた若い男に目顔で何かを命じた。親分に取り次げと言ったのだろう。

若い男は奥に向かった。

すぐに戻って来て、兄貴分の男に耳打ちをした。

「よし。上がれ」

兄貴分が栄次郎に言った。

「ありがとうございます」

浪人に礼を言い、栄次郎は板敷きの間に上がった。

奥の居間に行くと、長火鉢の前に色白の渋い感じの男が座っていた。四十前後か。

「矢内栄次郎と申します。銀蔵親分ですか」

刀を右側に置いて、栄次郎は向かい側に腰を下ろして口を開いた。

「うむ。銀蔵だ。おまえさん、春丸とはどういう関係なんだね」

「新内の師匠です」

「矢内さんとか言いなすったね。矢内さんは新内をやるのか」

銀蔵が目を見開いた。

「ほんの少しだけです。私は浄瑠璃です」

「ほう。浄瑠璃ねえ。江戸じゃ、お侍さんが浄瑠璃をやるんですかえ」

「何人かおりますよ。それより、銀蔵親分はなぜ、春丸さんを襲わせたんですか。羽村市左衛門さんと関係があるようにお伺いしましたが」

栄次郎はずけずけときいた。

「それだけじゃねえ。古市で商売しているのに、俺に挨拶がない。それで痛めてやろうと思ったのだ」

「挨拶とはお金のことですか」

「まあ、そういうことだ」

「じゃあ、羽村市左衛門さんから頼まれたわけではないんですね」

「いや、それもある。市左衛門は侮辱されたとかんかんだったからな」

「なぜ、市左衛門さんはかんかんになって怒ったんですか」

「当たり前だろう。面と向かって、おまえの芸はだめだと詰《なじ》られちゃ怒るなというほうが無理だ」

「ほんとうに自分の芸に自信があるなら聞き流しておけばよかったはずです。市左衛門さんが怒ったのは、それが当たっていたからじゃないんですか」

「なに？」

「市左衛門さんは、春丸さんから言われたことにいちいち思い当たったんです。だから、よけいに腹が立った。違いますか」

「矢内さん、おもしろいことを言いなさる」

銀蔵が口許を歪めた。

「ほんとうは、銀蔵親分も同じことを感じていたんじゃないんですか」

銀蔵は目を細めた。

「市左衛門さんが天狗になり、いい気になっていたら芸は伸びますまい。春丸さんは市左衛門さんのためを思い、あえて憎まれ口を叩いたんです」

「だから、春丸のことを許してくれとでも言うのかえ」

銀蔵は皮肉そうに言う。

「いえ。春丸さんのことは私が守りますよ。銀蔵親分の子分が何人でかかってこようが、私が春丸さんを守ります」

「じゃあ、なんのためにやって来たんだ」

「親分さんから、市左衛門さんに注意をしてもらうためですよ。春丸さんの話じゃ、市左衛門さんはもっともっとうまくなる役者だと言ってました。芸に関しては厳しい目を持っている春丸さんが言うんです。間違いないでしょう。そんな役者を、周囲がちやほやして、せっかくの才能の芽を潰してしまうのは残念です。春丸さんの言うことは聞かなくとも、親分の言葉は聞くんじゃないですか」

栄次郎は春蝶に目顔で合図をした。

「あっしは、羽村市左衛門さんが憎くて腐したわけじゃねえ。それから、自分が助かりたいから、こんなことを言いに来たんでもねえ。市左衛門さんの才能が惜しいから言いに来たんですよ。あっしの言葉に動揺して、親分に泣き言を言うようじゃ、心根は腐っている。そんなつまらねえ気持ちを改め、素直にひとの話に聞く耳を持つようになればきっと江戸や大坂、京の大舞台を踏めるようになるはずだ」

春蝶は言い切った。

「そのとおりかもしれねえ」

銀蔵は顎に手をやり、

「確かに、奴は天狗になっていた。伊勢にはもうひとり、うめえ役者がいるが、市左衛門はあのひとの芸は古いなどと自分より場数を踏んでいる役者に対して陰口を叩いていた。だが、俺の目からは、その役者のほうがうまいと思った」

「小野田紅蔵《おのだこうぞう》さんのことですね」

春蝶が口をはさむ。

「確かに、今の実力は紅蔵さんのほうが上だ。でも、才能は市左衛門さんのほうがある。だから、惜しいんですよ」

「春丸さん。おまえさんの気持ちはよくわかったぜ。市左衛門によく伝えておく」

「親分。それでほっとしました」

栄次郎は肩の荷をおろしたように言う。

「じつはな。市左衛門は俺の女房の弟なんだ。ありがとうよ」

銀蔵が体を折った。

「じゃあ、私たちはこれで」

栄次郎は立ち上がった。

銀蔵の手下たちに見送られて、栄次郎は春蝶といっしょに外に出た。

ふと、途中で何者かにつけられている気配がした。

銀蔵の手下か。さりげなく振り返ったが、行き交うひとの多さに、尾行者を見つけることは出来なかった。

「春蝶さん。江戸に帰ること、考えてください」

「栄次郎さん。きのうも言ったように、あっしはここで修業をしているんだ。修業している身で江戸には帰れませんよ」

「修業なら江戸でも出来ます。春蝶さんが江戸に帰る気になるまで、私もここにいます」

「なんですって。そいつはいけねえ。いや、いけませんよ」

春蝶は戸惑い顔になった。

「江戸を発つとき、春蝶さんを連れて帰ると約束したのです。何日でも待ちますよ」

ふらふらと春蝶は道の端に向かった。

「栄次郎さん、いけませんぜ」

後ろ向きのまま、春蝶は呟く。

「江戸には春蝶さんを待っているひともたくさんいるんです」

しばらく、春蝶は黙っていた。後ろ向きなので、表情がわからない。

「栄次郎さん。この地はおもしろいところです。お伊勢さんには全国からひとが集まって来ます。ここにいれば……」

ふと、何を言い出すのかと思っていると、春蝶はそれ以上何も言わなかった。

伊勢信仰により、ひとびとは「お伊勢参り」を一度はしたいと願っている。それほど、ひとびとは伊勢神宮への思いが強い。

そのことを言っているのだろうか。しかし、何を今さらと思っていると、急に春蝶が振り返った。

「栄次郎さん。今夜、いっしょに流しませんかえ」

「えっ、流す？」

とっさに意味が理解出来なかった。

「門付けですよ」

「新内流しですか」

栄次郎は驚いてきき返した。

「ええ。今夜、ふたりで流してみませんか」

「とんでもない。無理ですよ」

「いつか、あっしが病気のとき、代わりに音吉と流してくれたじゃありませんか」

「でも、十日以上も三味線を弾いていないんです。すぐに弾けるかどうか。それに、私が弾けるのは前弾きに『明烏《あけがらす》』と『蘭蝶《らんちょう》』のクドキの箇所だけですよ」

「それだけで十分だ」

春蝶はすっかりその気になり、

「あっしはこれから家に帰ってもうひと棹《さお》三味線を持って来ます。栄次郎さんはきのうの三味線を使ってください。あとで、『美福屋』に伺います。なあに、着物だってありますぜ」

「はあ」

不思議なことに、今まで三味線を弾く気にもなれなかったのに、今は弾いてみたいと思うようになった。

長唄ではなく新内だが、ひとたび三味線を弾きたいと思ったらたまらなくなった。

「わかりました。じゃあ、宿に帰って、稽古をします」

栄次郎は勇んで言った。

春蝶と別れ、栄次郎は旅籠に戻った。

そして、部屋に入るや、春蝶の三味線を引っ張り出した。

爪弾きで、新内の前弾きを浚う。『虫干』、『鈴虫』、『江戸』と続ける。

ふと、気がつくと、亭主と女中が襖を少し開けて覗いていた。

五

その夜、栄次郎は白地の縦縞の着物に博多帯を締め、頭は手拭いを吉原被りにし、三味線を抱えて宿を出た。

きょうも月夜だ。栄次郎は三味線の糸に枷をはめて高音が出るようにして上調子を受け持ち、春蝶は低音で本手を弾く。上調子の高音と本手の低音が絡みあうように独特の情緒のある音が生み出されていく。

坂道の途中に、居酒屋があった。栄次郎と春蝶がその暖簾の前に立ち、前弾きを弾いていると、店の中から女中が出て来た。

「今夜は二丁なのかえ。お客さんが聞きたいそうだよ」

「へえ、ありがとうございます」

樽椅子に地元の商家の主人らしい男がふたりで酒を呑んでいた。ひとりが、顔を向け、

「春丸。どうしたんだ、きょうは相方がいるじゃないか。ひとつ、やってもらおう」

「へい。触《さわ》りだけでございますが。では、『蘭蝶』で『お宮口舌』のくどきの箇所をやらさせていただきます」

本手に栄次郎の上調子の音がうまく絡む。

いわねばいとどせきかかる
胸の涙のやるかたなさ
縁でこそあれ末《すえ》かけて
約束かため身をかため……

春蝶のかんのきいた声に、栄次郎は身を震わせた。

「いや、結構だ。春丸は名人だ。そこの若いひともよかったよ」

栄次郎は頭を下げた。

「旦那。こんなにいただいて」

春蝶が驚いたように言う。

「いいからとっておきな」

「ありがとう存じます」

居酒屋を出てから、

「春蝶さん。身が震えました。春蝶さん、あなたはやっぱり真の名人です」

栄次郎は感に耐えなかった。

春蝶の声はますます磨きがかかっている。人生の苦みが切ないほどに溢れ出ていた。

その後、三度声をかけられ、三度とも同じものを演じた。

遊廓から伊勢音頭が聞こえてきた。前弾きの音も、伊勢音頭の唄声に消された。その脇を通り、伊勢音頭の唄声がだんだん遠ざかるにしたがい、前弾きの音が澄んで夜空に響いた。

料理屋の黒板塀の脇を三味線を弾きながら歩いていると、二階座敷から声がかかった。

「新内屋さん」

芸者が手摺りにつかまって声をかけた。

「へい」

「お客さんがご所望よ。ひとくさり、お願いね」

「何か、ご希望でも」

そう春蝶はきいたが、栄次郎が出来るものは限られている。ひやひやしたが、芸者は何でもいいと言った。

「へい。では、『明烏』を」

春雨の、眠ればそよと起こされて。乱れ染めにし浦里《うらさと》は、
どうした縁でかのひとに……
逢うた初手《しょて》から可愛さが、身にしみじみと惚れ抜いて、
こらえ情なきなつかしさ……
あんまり、酷い情けなや、今宵離れてこなさんの……

春蝶の振り絞るようなかんのきいた声が切なく胸に迫った。

芸者が懐紙に包んだ銭を二階からほうった。

「ありがとうございます」

春蝶が礼を言う。

「ねえ、お客さんが上がって欲しいって。いいでしょう。下まで迎えに行きますから」

「へえ、じゃあ、ちょっとだけなら」

春蝶が栄次郎に目顔で言い、料理屋の玄関にまわった。

玄関を入ると、さっきの芸者が待っていた。

「どうぞ」

芸者が先に立って、二階の一間に連れて行った。

栄次郎と春蝶は部屋の前で跪き、芸者が襖を開けると辞儀をした。

「さあ、入ってちょうだい」

「へい」

春蝶が先に入る。栄次郎も続き、部屋に入ってから改めて辞儀をした。

「春丸さん。さすがだ。おまえさんこそ、天下一の名人だ」

その声に、春蝶は顔を上げた。

「あっ、あなたさまは……」

春蝶が驚愕したので、栄次郎も顔を上げ、客の顔を見た。

歳の頃なら三十前後。小粋な雰囲気の男があぐらをかいている。すぐに役者だとわかった。

もしや、羽村市左衛門……。

「春丸さん。あの辛辣な言葉についかっとなっちまって逆上してしまった。じつは、おまえさんの言うことはいちいち胸に突き刺さっていたんだ。昼間、銀蔵親分からおまえさんの言葉を聞かされたんだ。俺は、恥ずかしかった」

やはり、市左衛門だった。市左衛門は自嘲して、

「それでも、おまえさんに芝居を見る目があるのか疑っていた。だが、今の語りを聞いて、こいつはほんものだと思った。芸の上じゃ、俺は到底太刀打ち出来ないということがわかった。鼻っ柱をへし折られたよ」

「市左衛門さん、もったいない言葉で」

春蝶は口をはさむ。

「春丸さん。俺は心を入れ換え、一から出直すつもりだ。そして、いつか三都の大舞台に立てる役者になってみせる」

「楽しみにしていますぜ。きっと、市左衛門さんなら大きな役者になれますとも」

春蝶は真顔で請け負った。

「これも、おまえさんのおかげだ。礼を言わせてもらうぜ。さあ、ひとつ受けてくれ」

そう言い、市左衛門は春蝶に酒を注いだ。

栄次郎はずっと傍らで控えていた。

「そこのおひと。おまえさんが春丸さんの弟子かえ」

市左衛門がきく。

「はい。まだ、未熟者ですがよろしくお願いいたします」

栄次郎は丁寧に答えた。

「おまえさんもどうだ」

「いえ、私は不調法なもので」

栄次郎は遠慮した。

「それでは私どもはこれにて失礼させていただきます」

春蝶は挨拶をした。

いきなり、市左衛門が居住まいを正し、

「春丸師匠。師匠のお言葉、胸に畳んで、芸の精進をいたします」

と、それまでの傲岸な態度を改めた。

「その心持ちがありさえすれば、羽村市左衛門はきっと大看板になりますぜ」

小柄な春蝶がとてつもなく大きな人間に思え、栄次郎は目を瞠った。

このひとはすごい芸人なのだと、栄次郎は改めて思った。

料理屋の門を出てから、三味線を弾きながら、再び流しはじめる。栄次郎は春蝶とこうして流していることがどれほど貴重なものなのかということがわかってきた。

路地を入り、遠くに赤提灯の明かりが揺れているほうに向かいかけたとき、栄次郎はさりげなく後ろを見た。

何者かがつけている。料理屋の門を出たときからだ。針を突き刺すような殺気が感じられた。

「春蝶さん」

栄次郎は小声で呼んだ。

「何者かがつけてきます。すみませんが、この三味線を持って先に行っていただけませんか」

春蝶が糸を弾くのを中断した。

「わかった」

栄次郎は三味線を春蝶に渡した。

ふたつの三味線を持って、春蝶は先に行く。赤提灯の明かりまで行く途中に、暗がりの場所がある。

栄次郎はわざとゆっくり歩いた。背後の殺気がますます強まった。暗がりに差しかかったとき、背後から地を蹴る音が迫った。

栄次郎が身を翻したとき、栄次郎の体に剣がかすめた。相手は侍だ。上段からの斬り下ろしに失敗した相手が今度は八相の構えから強引に迫って来る。

栄次郎は横っ飛びに逃れた。その胴をめがけて剣尖が襲う。かろうじて、剣を避け、栄次郎は後退る。

「何者だ」

栄次郎は無手で対峙しなければならなかった。

相手は手拭いで面を包んでいる。浪人体の男だ。銀蔵一家で会った浪人ではない。あの侍より、はるかに腕は立つ。

栄次郎はじりじりと銀杏《いちょう》の樹に追い詰められた。後ろに逃れることは出来ない。左右のどちらかに身を避けるしかなかった。

だが、相手はそれを読んでいるだろう。

相手は上段に構えたまま、迫って来た。栄次郎は足蹴りをするようにして雪駄を相手の顔面めがけて飛ばした。

相手は剣を振り下ろし、雪駄を真っ二つにした。その隙に、栄次郎は横に倒れ込みながら逃れた。

相手はすぐに追って来た。栄次郎は素早く立ち上がった。

そのとき、ひとが駆けてくる足音がした。侍は舌打ちして、その場から逃げ出した。

「栄次郎さん。だいじょうぶか」

春蝶が息せき切って駆けつけた。

「だいじょうぶです。あっ、あなた方は？」

銀蔵一家の兄貴分の男たちだった。

「そこで春丸さんに会ったら、矢内さまが襲われたっていうんで駆けつけたんですよ」

「助かりました」

栄次郎は礼を言う。

「逃げ足の早い野郎だ」

侍の逃げたほうに走った男が戻って来た。

「何者なんですかえ」

兄貴分の男が言う。

「わかりません。襲われる理由に見当がつきません」

そう言ったあとで、ずっとあとをつけて来た商人ふうの男を思い出した。だが、その男の仲間かどうかはわからない。

ひょっとして、商人ふうの格好をした男と侍は……。

「あっしたちが宿までお送りいたしますよ。親分にそう言われているんで」

兄貴分の男がごつい顔で言った。


翌日、栄次郎は朝食をとったあと、春蝶の住まいを訪れるために宿を出た。

ゆうべ、あれから春蝶はひとり住まいのほうに帰り、栄次郎は銀蔵一家の者に送られて宿に戻ったのである。

きのうの襲撃者のことがあるので、栄次郎は常に周囲に目を配った。

栄次郎が間の山の集落にある掘っ建て小屋のような芸人長屋を訪れると、猿回しの男が春蝶はもう出かけたという。

「どこへ出かけたのでしょうか」

栄次郎は不思議に思ってきいた。

「お参りですよ」

「お参り？」

「内宮でしょう」

栄次郎は思い出した。内宮を参拝したあと、春蝶らしき後ろ姿を見た。あれは、やっぱり春蝶だったのかもしれない。

栄次郎は来た道を戻った。

宇治橋にやって来た。橋を渡り、玉砂利の参道を行く。やがて、一ノ鳥居をくぐり、しばらく行って二ノ鳥居をくぐる。

栄次郎は腰から刀を外し、右手に持って正殿に向かった。

しかし、春蝶の姿は見えない。諦めて引き上げ、再び、二ノ鳥居までやって来た。

すると、鳥居の陰に春蝶が立っているのが見えた。参拝客がぞろぞろと鳥居をくぐって行く。その参拝客に目を凝らしているようだった。

栄次郎は近づいて行った。

「春蝶さん」

栄次郎が声をかけると、春蝶ははっとしたように顔を向けた。

「ああ、栄次郎さん」

「ここで何をしているのですか」

栄次郎は困惑したような顔の春蝶を見た。

「恥ずかしいところを見られちまったようで」

「いつも、ここに？」

「ええ。ここで、鳥居をくぐって来るひとを見ているんです。あっしの知った顔があるんじゃないかって期待してね」

「知った顔？　どなたですか」

「いや……」

言いたくないのかと思ったが、そうではないようだった。

「昔の女ですよ」

春蝶は目を細めた。

「一時《いっとき》、いっしょに暮らしたことがある女でね。もう、別れて二十年にもなります」

「二十年？」

「二十年なんて、遠い昔のようにお思いでしょうが、なんだかつい最近のようにも思えます」

　春蝶は目をしょぼつかせて語りだした。

「呑み屋で働いていた娘でした。おとよと言いました。あっしといっしょにならなきゃ死ぬと言っていた女なんですがね。あっしが芸でしくじり、どうしようもなくなって、おとよといっしょに死のうってことになったんです。そんとき、おとよがこう言いました。一度、お伊勢さんに行ってから死にたいと。よし、じゃあ行こうということになって、江戸を離れた。ところが、箱根の関所をおとよは越えられなかった。手形がなかったからですよ。それで、間道を通ったのですが、途中雲助に襲われ、逃げまどう途中、離ればなれになっちまった。それきりですよ」

　春蝶はかきむしるように胸を手で摑んだ。

「じゃあ、それから二十年。離ればなれなのですね」

「ええ」

　少し間があってから、春蝶が言う。

「一年ほど前、夢におとよが出て来て、こう言うんです。お伊勢さんに行くから内宮で待っていてって」

　春蝶は自嘲気味に笑い、

「おかしいでしょう。たった一度の夢を信じて、こうやって毎日、内宮まで来ているんですからね」

「いえ。でも、それほど、おとよさんには思いを寄せていたんですねえ」

この前、春蝶は伊勢にいる理由を、新内の修業のためだと言ったが、実際はその女のことが理由のようだった。

「違うんですよ」

春蝶は苦しそうな声で言った。

「違うって何が違うんですか」

「箱根の間道を通って雲助に襲われたって話です。あれ違うんです。ほんとうは、あっしは……」

春蝶は声を詰まらせた。

「あっしはおとよと別れたかった。だんだん、死ぬのが怖くなって、おとよから逃げ出したくなったんです。それで、雲助に頼んだんですよ」

「…………」

「ひでえ話ですね。罰当たりですよ、あっしは。ところが、あとになって、良心が咎め、おとよを探したんです。そして、三島の女郎に似ている女がいると聞いて行きました。ひと違いでした。それから、雲助を探し、女をどうしたかと問い詰めたんです。そしたら、雲助が手込めにしようとしたとき、行商人ふうの男が現れ、女を助け出したって言うんです」

春蝶は深くため息をついた。

「その後、おとよの行方はわかりません。行商人ふうの男がどんな人間なのか。いいひとだったら、ひょっとして今頃はそのひとといっしょになって仕合わせに暮らしているかもしれない。そう思ったりしました」

春蝶は数々の浮名を流してきた。だが、今の話は初耳だ。もっと他に悲惨な経験をたくさんしているようだ。

「それっきり、まったく思い出すこともなかったおとよが夢に出て来たんですよ。これは、おとよの叫びだと思い、伊勢にやって来たってわけです」

「じゃあ、一年近く、毎日のようにここに？」

「ええ、ここで待っていれば、必ず通るはずですからね」

「でも、毎日、たくさんのひとが訪れます。そんな中から、二十年ぶりの女の顔を見つけられるでしょうか」

「相手だって、探しているんです。気持ちは通じる。そう思ったんですよ。それに、新内流しで名を売っていれば、古市にやって来たとき、名前を耳にするかもしれません。春丸って名は当時使っていた名なんです。春丸の名を聞けば、おとよはきっと気づくはずですから」

　ふと、春蝶が鳥居に目をやった。だが、諦めて、ため息をついた。

　その姿は、栄次郎には痛ましかった。夢がきっかけで二十年ぶりに再会を果たせるという奇跡など起こるはずはない。

　だが、春蝶の心が伊勢に縛られている理由が、おとよとのことにあるのだ。このことがあるかぎり、春蝶は江戸に帰らないだろう。

　おそらく、春蝶はおとよに対して罪の意識を持ち続けているのだ。自分でも、会える可能性はないと思いつつも、ここでおとよを待つことで償いをしようとしているのだろう。

「そろそろ、引き上げませんか」

　栄次郎は声をかけた。

　だが、春蝶がふらふらと鳥居の陰から出た。

　一ノ鳥居に向かって来る参拝客の中の一点に厳しい目を向けている。栄次郎はその視線の先を追った。

四十ぐらいの女が杖をついてやって来る。隣りに、亭主らしい年配の男。さらに、息子らしい十代の男の三人連れだった。

「およよ」

春蝶は呟いた。

まさか、と栄次郎は思いながら、春蝶のあとについていく。

三人連れが近づいて来た。女が春蝶に気づいて顔を向けた。女の表情にあるかなしかの変化があった。

だが、それはみすぼらしい年寄りと目が遇《あ》った困惑かどうかわからない。女は軽く会釈し、隣りにいる亭主に笑いかけた。亭主が何か冗談を言ったらしい。息子も笑っている。

仕合わせそうな家族に見えた。

三人連れは目の前を横切り、正殿のほうに向かった。

春蝶は呆然と見送っている。

「およだ」

春蝶が呟いた。

ほんとうにおとよという女だったかどうか。だが、春蝶はそう思い込んでいる。いや、そう思おうとしているのか。

「おとよさんですか」

栄次郎は声をかけた。

「間違いない。おとよだ。そうか、仕合わせに暮らしていたか。よかった」

春蝶は安堵したように呟いた。

「これも、お伊勢さんのお導きだったかもしれませんね」

今の女がおとよかどうかは関係ないことだ。春蝶がおとよだと思い込み、そしてその仕合わせぶりを目に焼きつかせたことが大事だった。

「春蝶さん。よかったじゃないですか。おとよさんが仕合わせな人生を歩んでいるようで。子どもまでいましたよ」

「そうだ。よかった。ほんとうによかった」

春蝶は目尻を下げた。

「これで、心置きなく江戸に帰れる」

「春蝶さん。今、江戸に帰るって言いましたか。帰ってくれるんですね」

「ええ、帰りましょう」

「よかった」

栄次郎はほっとした。

「後始末に三日ほど時間をいただけますか。いろいろ、義理を果たして行きたいので」

「もちろんです」

栄次郎は答えたとき、またも背後から痛いような視線を感じた。

大勢の参拝客が歩いていて、怪しい人間を見つけることは出来なかった。

六

四日後の朝、栄次郎は古市の旅籠『美福屋』を出立した。

ゆうべは、銀蔵が栄次郎と春蝶を招いて、別れの酒宴を開いてくれた。そのとき、銀蔵がこう言った。

「古市に、怪しい浪人と行商人らしき男が泊まっていた。あの浪人はただ者じゃありませんぜ。つまり、余所《よそ》から来た人間です」

栄次郎に心当たりはない。が、あるとすれば、大黒屋三太夫の手下だ。あのとき、一網打尽になったはずだが、逃れた仲間がいたのかもしれない。

そうとしか考えられなかった。

「矢内さん。十分に注意をなすって」

銀蔵は好意的だった。

間の山の集落の芸人小屋に寄り、春蝶と連れ立ち、まず山田の町に向かった。春蝶は三味線を抱えている。

山田の宿場を過ぎ、宮川の渡しに乗り込んだ。

「春蝶さん。江戸までは遠いです。ゆっくり行きましょう」

春蝶の足では一日の行程は女、子ども並に考えてやらねばならない。ときには駕籠か馬にも乗せてやったほうがいいかもしれない。

だが、案外に、春蝶の足取りはしっかりしていた。

松阪を過ぎ、津に差しかかった。津城の天守がそびえている。

津藩は藤堂家三十二万石の領地だが、津城そのものは五万石程度の規模である。藤堂家は伊賀上野も支配している。

伊勢参りの旅人で賑わっている宿場町だ。

津観音と呼ばれている観音寺前の大通りは、本陣、脇本陣、旅籠が並んでいた。

栄次郎たちはまだ陽が高いので、そのまま津宿を素通りした。そして、川に出た。

行き交うひとがない。

橋の手前で、栄次郎は足を止めた。

「春蝶さん。離れていてください」

栄次郎は春蝶を道の端に移した。そして、改めて橋の横に目をやった。そこにある樹の陰に誰か隠れていた。

「また、出たか」

栄次郎は刀の柄袋を外した。

ゆっくり、浪人が現れた。きょうは素顔を晒している。眉毛の濃い、鋭い目つきの男だった。

「大黒屋三太夫の手の者か」

栄次郎は静かに問いかける。

「さよう。そなたのために、我らの仲間がほとんど捕まった。その恨みを晴らさねばならぬ」

浪人は抜刀した。

「東海道をさんざん荒しまわったのだ。もう、年貢の納めどきだったのだ」

「そなたの命と引き換えだ」

浪人は剣を抜き、剣を後方に向けた。脇構えだ。剣は体の後ろに隠れ、栄次郎からは相手の剣が見えない。

ふつうの脇構えと少し違う。

栄次郎は見抜く。

「小野派一刀流か」

「仲間の仇」

相手が間合いを詰めた。

栄次郎は鯉口を切り、右手を刀の柄にかける。

斬り合いの間に入った。栄次郎は伸び上がるようにして抜刀する。相手が脇から剣を出した。

激しく剣がぶつかり合った。が、すかさず、相手が上段から剣を振り下ろした。栄次郎も下から剣をすくい上げて、相手の剣を弾いた。

次の瞬間、両者は互いに後ろに飛び退いた。飛び退くと同時に、栄次郎は剣を鞘に納めていた。

相手は上段に霞《かすみ》の構えをとった。額の近くに手を上げ、剣を水平にし、切っ先は栄次郎の目をとらえている。

栄次郎は自然体に構えた。刀は鞘に納めたままだ。

相手が間合いを詰めて来た。栄次郎は動かない。さらに間合いが詰まった。相手の剣が動いた。

激しく打ちかかってきた。栄次郎も剣を抜いた。だが、相手は腕を動かしただけで剣を途中で止めた。

栄次郎の剣が空を切った。その刹那、相手が跳躍して上段から栄次郎の頭をめがけて剣を振り下ろした。

栄次郎の剣の返しが半間遅れた。だが、栄次郎は大刀を捨て、脇差を抜いていた。

相手の剣先が栄次郎の眉間を掠ったとき、脇差が相手の腕を斬り落とした。

うっと呻き、相手はたたらを踏んで立ち止まった。剣を握った右腕が足元で跳ねた。

栄次郎は自分の刀を拾った。

そのとき、いきなり、怒声がした。

「こっちを見ろ」

声のほうを見て、栄次郎はあっと叫んだ。

行商人体の男が、春蝶を背後から押さえつけ、匕首を突きつけていた。

「栄次郎さん。あっしにかまうな。こいつらをやっつけてくれ」

春蝶が苦しい息の下から言う。

「黙れ。やい、刀を捨てろ。捨てないと、こうだ」

男が春蝶の喉に切っ先をつけた。

「待て」

栄次郎は刀を鞘ごと腰から抜き、足元に置いた。

「そこから離れろ」

男が叫ぶ。栄次郎は刀から離れた。

片腕を落とされた浪人は気丈にも立ち上がり、凄まじい形相で栄次郎の刀の傍まで行った。そして、左手一本で栄次郎の刀を抜いた。

浪人の傷口から血が滴《したた》っている。最後の力を振り絞って、浪人は栄次郎に向かって来た。栄次郎は叫ぶ。

「早く手当てをするのだ。命がない」

「おまえを殺さねば、お頭の恨みが晴らせぬ」

後ずさりながら、栄次郎は春蝶を気にした。匕首が喉元に突きつけられている。

「覚悟しろ」

浪人が剣を振り上げた。

そのときだった。悲鳴があがった。春蝶を押さえつけていた男だ。

「栄次郎さん。こっちはだいじょうぶだ」

その声に、栄次郎は後ろに飛び退いた。浪人が振り下ろした剣尖が鼻先三寸で空を切った。

栄次郎は春蝶のほうを見た。

そこに新八がいて、足元に賊の一味が倒れていた。

「新八さん」

栄次郎はほっとして、改めて浪人と対峙した。

浪人は狂ったように剣を振りかざした。栄次郎は胸元に飛び込んだ。そして、浪人の剣を持つ腕を摑んだ。

「くそ」

浪人は凄まじい形相で、渾身の力を振り絞った。だが、相手は片腕だ。あっさり、栄次郎は剣を奪い返した。

そして、峰打ちで、相手の胴を払った。

浪人は前のめりに倒れた。

栄次郎が刀を拾い、鞘に納め、新八と春蝶のところに行った。

「春蝶さん。大事ありませんか」

「だいじょうぶです。このひとに助けてもらいました」

春蝶は新八を見た。

「まさか、新八さんが駆けつけてくれるなんて。ほんとうに助かりました」

「ええ、驚きましたぜ。夕方になったが、次の津まで行こうと思ってここまでやって来たら、この騒ぎでした」

「でも、いったい、どうして？」

「ええ、信楽に帰り、墓参りを済ませました。兄のところに寄ったんですが、兄夫婦から冷たい言葉を投げつけられましてね。やっぱり、帰るところじゃありませんでした。それで、岡崎に向かったんです。そうしたら、大黒屋三太夫一味が捕まったということで、どの宿場でもその話で持ちきりでした。ところが、宿役人がふたりだけ逃げ延びた一味がいると言っていたんです。浪人と十郎太って男だと」

「十郎太？　じゃあ、この男が十郎太ですか」

栄次郎は新八が倒した男を見た。

「そうでしょうね。ひょっとしたら、栄次郎さんを狙うんじゃないかと思い、伊勢に向かうところだったのです」

そのとき、駆けて来る足音を聞いた。駆けつけて来たのは町奉行所の同心や岡っ引きだった。

気がつくと、野次馬が遠巻きにしていた。

「何事だ？　私闘か」

髭の剃り跡の青い同心が栄次郎に問い詰めるようにきいた。

「いえ、この者は東海道筋を荒しまわっていた盗賊の大黒屋三太夫一味の者です」

「なに、大黒屋三太夫だと」

同心は倒れている浪人と十郎太を検めてから、岡っ引きにふたりを町奉行所に運ぶように命じた。

「そこもとたちにもご同道願いたい」

「わかりました」

栄次郎は素直に応じた。

翌日、陽が高く上ってから、上野を出発した。

ゆうべは　町奉行所に連れて行かれたが、栄次郎たちはすぐに解放された。やはり、往来手形の裏書きの効き目のようだ。

結局、津泊まりとなり、高札場の近くにある旅籠に入った。その夜は遅くまで三人で語らい、今朝は寝坊した。

腕を落とした浪人は医者に担ぎ込み、なんとか一命をとりとめたらしい。岡崎から町奉行所の者が身柄を引き取りに来ることになるらしい。

栄次郎は新八と春蝶と三人で伊勢街道を来たときとは逆に、四日市に向かった。

栄次郎は不思議なことに、今は目を閉じても、お露の顔が浮かんでこない。いや、お露の顔が浮かんでも、胸が苦しくなることはない。

克った。己に克ったのだと、栄次郎は清々《すがすが》しい気持ちになった。

「せっかく、旅に出たんですから、帰りはいろんな名所旧跡に寄りながら江戸に向かいませんか」

新八が言いだした。

「春蝶さん。どうですか」

栄次郎はきいた。

「私は皆さんに合わせますよ」

「じゃあ、そうしましょう」

栄次郎も、せっかくの旅を今度は楽しみたかった。名所旧跡を見るどころか、各地の名物の食べ物にもありつきたい。桑名の焼き蛤も食いっぱぐれたのだ。

「栄次郎さん。岡崎には忘れずに寄りませんとね」

「そうです。春蝶さんを連れて行く約束でしたからね」

不思議なことに、栄次郎の目に映る街道の風景は来たときとはまったく違って見えた。心の中からお露の亡霊が完全に消えたのだと思った。

二見時代小説文庫

なみだ旅《たび》　栄次郎《えいじろう》江戸《えど》暦《ごよみ》5

著者　小杉健治《こすぎけんじ》

発行所　株式会社 二見書房
東京都千代田区三崎町二―一八―一一
電話　〇三―三五一五―二三一一［営業］
　　　〇三―三五一五―二三一三［編集］
振替　〇〇一七〇―四―二六三九

印刷　株式会社 堀内印刷所
製本　ナショナル製本協同組合

 ISBN978－4－576－10121－7
http://www.futami.co.jp/

栄次郎江戸暦 浮世唄三味線侍
小杉健治［著］

吉川英治賞作家の書き下ろし連作長編小説。田宮流抜刀術の名手矢内栄次郎は部屋住の身ながら三味線の名手。栄次郎が巻き込まれる四つの謎と四つの事件。

間合い 栄次郎江戸暦2
小杉健治［著］

敵との間合い、家族、自身の欲との間合い。一つの印籠から始まる藩主交代に絡む陰謀。栄次郎を襲う凶刃の嵐。権力と野望の葛藤を描く渾身の傑作長編。

見切り 栄次郎江戸暦3
小杉健治［著］

剣を抜く前に相手を見切る。誤てば死―何者かに襲われた栄次郎！ 彼らは何者なのか？ なぜ、自分を狙うのか？ 武士の野望と権力のあり方を鋭く描く会心作！

残心 栄次郎江戸暦4
小杉健治［著］

吉川英治賞作家が〝愛欲〟という大胆テーマに挑んだ！美しい新内流しの唄が連続殺人を呼ぶ…抜刀術の達人で三味線の名手栄次郎が落ちた性の無間地獄

なみだ旅 栄次郎江戸暦5
小杉健治［著］

愛する女を、なぜ斬ってしまったのか？ 三味線の名手で田宮流抜刀術の達人・矢内栄次郎の心の遍歴……吉川英治賞作家が 武士の挫折と再生への旅を描く！

はぐれ同心 闇裁き 龍之助江戸草紙
喜安幸夫［著］

時の老中のおとし胤が北町奉行所の同心になった。女壺振りと島帰りを手下に型破りな手法と豪剣で、悪を裁く！ ワルも一目置く人情同心が巨悪に挑む新シリーズ

隠れ刃 はぐれ同心 闇裁き2
喜安幸夫［著］

町人には許されぬ仇討ちに人情同心の龍之助が助っ人。敵の武士は松平定信の家臣、尋常の勝負はできない。〝闇の仇討ち〟の秘策とは？大好評シリーズ第2弾

浅黄斑　無茶の勘兵衛日月録　1~9

武士としてのあるべき姿とは？　越前大野藩の御耳役、無茶勘こと落合勘兵衛の成長と闘いを描く激動と感動の正統派大河教養小説の傑作シリーズ！

井川香四郎　とっくり官兵衛酔夢剣　1~3

亡妻の忘れ形見とともに仕官先を探す伊予浪人の徳山官兵衛。酒には弱いが悪には滅法強い素浪人の豪剣が、欲をまとった悪を断つ！

江宮隆之　十兵衛非情剣　1

気鋭が満を持して世に問う冒険時代小説の白眉！　近江の村全滅に潜む幕府転覆の陰謀。柳生三厳の秘孫・十兵衛は死地を脱すべく秘剣をふるう！

大久保智弘　御庭番宰領　1~5

公儀隠密の宰領と頼まれ用心棒の二つの顔を持つ無外流の達人鵜飼兵馬。時代小説大賞作家が圧倒的な迫力で権力の悪を描き切った傑作！

風野真知雄　大江戸定年組　1~7

元同心・旗本・商人と前職こそ違うが、旧友の隠居三人組が、隠れ家〈初秋亭〉を根城に江戸市中の厄介事解決に乗り出した。市井小説の傑作！

楠木誠一郎　もぐら弦斎手控帳　1~3

元幕府隠密の過去を持つ長屋の手習い師匠・弦斎はふたたび巨大な悪に立ち向かう。歴史ミステリーの俊英が鮮烈な着想で放つシリーズ！

武田櫂太郎　五城組裏三家秘帖　1~3

伊達家仙台藩に巻き起こる危機に藩士・影山流抜刀術の達人望月彦四郎が立ち向かう。〝豊かな物語性〟で描く白熱の力作長編シリーズ！

早見俊　目安番こって牛征史郎　1~5

六尺三十貫の巨躯に優しい目の心優しき旗本次男坊。目安番・花輪征史郎の胸のすくような大活躍！　無外流免許皆伝の豪剣が謀略を断つ！

早見俊　居眠り同心　影御用　1~2

凄腕の筆頭同心がひょんなことで閑職に——。暇で暇で死にそうな日々にさる大名家の江戸留守居から極秘の影御用が舞い込んだ。新シリーズ

花《はな》家《や》圭太郎　口入れ屋　人《ひと》道《どう》楽《らく》帖《ちょう》　1~2

行き倒れた浪人が口入れ屋に拾われ、生きるため慣れぬ仕事に精を出すが…。口入れ稼業の要諦は人を見抜く眼力。名手が贈る感涙シリーズ

幡 大介 天下御免の信十郎 1~6

雄大な構想、痛快無比！ 名門出の素浪人剣士・波芝信十郎が、全国各地、江戸を股にかけ、林崎神明夢想流の豪剣で天下を揺るがす策謀を斬る！

牧 秀彦 毘沙侍《びしゃ》 降魔剣《ごうまけん》 1~4

御上の裁けぬ悪に泣く人々の願いを受け、悪人退治を請け負う浪人集団〝兜跋組〟が邪滅の豪剣を振るう！ 荒々しくも胸のすく男のロマン！

幡 大介 大江戸三男 事件帖 1

欣吾と伝次郎と三太郎、餓鬼の頃から互いに助け合ってきた三人の若き義兄弟が、「は組」の娘、お栄とともに旧知の老与力を救うべく立ち上がる！

森 真沙子 日本橋物語 1~7

間口一間金千両の日本橋で店を張る美人女将・お瑛が、優しいが故に見舞われる哀切の事件。文壇実力派の女流が描く人情とサスペンス

藤井邦夫 柳橋の弥平次捕物噺 1~5

陽光燦めく神田川を吹き抜ける粋な風！ 南町奉行所与力の秋山久蔵と北町奉行所同心白縫半兵衛の御用を務める柳橋の弥平次の人情裁き！

森 詠 忘れ草秘剣帖 1~4

開港前夜の横浜村に瀕死の若侍がたどり着いた。記憶を失った彼の過去にからむ不穏な事件、迫りくる謎の刺客とは……大河時代小説！

松乃 藍 つなぎの時蔵覚書 1~4

元武州秋津藩藩士で、いまは名を改め江戸にて貸本屋笛吹堂を商う時蔵。捨てざるを得なかった故郷の風はときに狂風を運ぶ！

吉田雄亮 新宿武士道 1

宿場を「城」に見立てる七人のサムライたち！ 内藤新宿の治安を守るべく微禄に甘んじていた伊賀百人組の手練たちが「仕切衆」となって悪を討つ